熱海の噴煙に

二刀流、日本の総理へ

真喜志興亜
Makishi Koa

文藝春秋
企画出版部

熱海の噴煙に——二刀流、日本の総理へ

もくじ

I

II

装丁　神崎夢現
装画　内山弘隆

熱海の噴煙に

——二刀流、日本の総理へ

I

愛妻との別離

人は人生において、しばしば思わぬことに遭遇する。アメリカ留学を夢見ていた沖縄人の奥《おく》間《ま》良信《よしのぶ》は、英語の勉強のために、沖縄にあるアメリカの教会に行ったのだが、そこで出会った日本人女性多恵子《たえこ》と結婚した。

結婚後、二人は沖縄が本土に復帰する前に渡米し、多恵子はワシントンの日本大使館に勤務して夫の勉学を支えた。良信の卒業後も夫妻はアメリカに留まり、良信は現地の大手銀行に就職した。二人の間に子がなかったので、生活が軌道に乗ってからも多恵子は仕事を続け、二人は共働きをした。

気がつけば夫婦は、四十六年もアメリカで暮らし、もうすぐ金婚式を迎えようとしていた。しかしその頃になると、余生は日本で過ごそうと思いはじめ、余暇で日本に行く時は、住居探しにも精を出した。沖縄に住んでいる良信の弟妹は、二人が沖縄に移住することを勧めたが、多恵子は湿気に弱いので、同意しなかった。

多恵子の出身は大阪で、甥《おい》や姪《めい》も大阪に住んでいるので、大阪を中心に京都などにも足を延ばし、新築のマンションを見て回った。しかし、これだと飛びつきたくなるような物件には出合わなかった。

奥間夫妻は渡米後からずっとワシントンに住んでいたので、知人も多かった。その知人の一人から、「一度、熱海へ行かれたらどうですか。安くて良い物件がありますよ」と言って勧められた。しかも、知り合いだという熱海の不動産会社まで紹介してくれたので、良信も気にするようになった。

奥間夫妻は余暇で日本に帰国する際、大阪のホテルに宿泊するのが常だったが、知人から熱海の話を聞いてから数か月後、その機会が訪れた。奥間が帰国するのに合わせて、大学時代の友人たちが東京で夕食会を開くから出席するよう誘いがあった。ちょうど良い機会だと考えた良信は新幹線で東京に向かう途中、熱海に立ち寄ることにした。

ワシントンの知人から紹介された不動産会社が駅まで出迎えてくれ、すぐに事務所に行った。社長の岸田《きしだ》が「どんなマンションがご要望ですか」と聞くので、良信はすぐに「トイレが二つある物件がいいですね」と答えた。

日当たりの良いこと、リビングルームが広いこと、あるいはキッチンスペースがゆったりしている、などといったものが一般的だが、良信が真っ先に挙げた答えは意外なものであった。

奥間夫妻が暮らしているアメリカの住居は、戸建ての二階建てだが、地下にもワンフロアがあり、したがってトイレも複数あった。実際に暮らしてみれば分かることだが、これは便利で、仮に一か所しかなかったらどんなにか不便だったろう。

岸田に案内されたのは、中古のリゾートマンションであった。車が駐車場に入ると、広々とした空間に車がまばらに停まっているのが見えた。

目当ての部屋の扉は観音開きになっていた。入るとすぐに広々とした土間があって、左右の壁には備え付けの大きな靴箱があった。奥に入るとすぐに、左側が広い居間になっていて、大きな窓が東向きに開けている。

窓からは眼下に熱海の海が一望でき、近くに小島が見える。岸田が指さし、「あれが初島です」と言った。その遥か遠くに、薄墨色をした島が見えたが、これは伊豆大島だと説明した。建物は小高い場所に建っているので、眼下に見える道路を走っている車は、蟻《あり》のように小さく見える。

建物は新築ではないが、全体がリフォームされていて、古めかしい感じはしなかった。妻の多恵子はじっと見ているだけで感想を口にしなかったが、良信は感動しどおしだった。大阪や京都の新築マンションをいくつも見てきたが、どれもこれという手応えを感じなかった。それに比べてこのマンションには、心を浮き立たせるものが感じられ、思わず「いやあ、すばらしい。実にすばらしい」と感嘆の声を漏らしそうになった。

しかし、岸田の説明になぜか終始寡黙を続けている多恵子の様子を見て、良信ははしゃいではいけないと自制し、「いいですね」と軽い言葉を口にしただけであった。

このマンションは、バブルが弾ける前に、リゾートマンションとして建てられたものだというから、相当の年数を経ている。しかし今は定住者向けにリフォームされていて、家族が普通に暮らしていくにもなんら不自由さは感じられない。それでも子細に眺めると、ありし日の輝きは残っており、良信が感動を覚えたのも無理からぬことであった。

下見が終わると、一行は不動産会社の事務所に戻り、岸田は奥間夫妻を支店長室に招じ入れた。秘書がお茶を持ってきて、夫妻がそれを口にし、ソファーで落ち着いたのを見計らって、岸田はおもむろに商談を切り出した。

「いかがでした?」

良信は妻のほうを見たが、良いとも悪いとも言う素振りがない。良信はこれを暗黙の承認と見て「いいですね」と短い言葉を発した。本当は、「とてもいいです」と言いたかったが、後で妻から、「べた誉めするのは禁物よ。値段の交渉をする時、足元を見られるわよ」と大目玉を食うので、素っ気ない返事になった。

奥間夫妻から購入を前提とした前向きな回答を期待していた岸田は、落胆を隠しながら、

「当物件は他にも買い手の候補者がいらっしゃいます。本契約はのちほどでも結構ですから、ご購入か否かご返事を早目にいただけますと幸いです」

と、早期の決断を迫る決まり文句の案内があった。

その日は金曜日だった。これから東京で友人たちとの会食を済ませた後、新幹線で大阪へ行き、週明けの月曜日にはアメリカに帰る。そのことはもちろん岸田には説明せず、良信はただ「日曜日までに返事をする」と事務的に伝えた。岸田は日曜日も出勤すると言うので、良信は必ず電話をするからと約束した。

大阪へ向かう新幹線の車内で、二人はマンションを購入すべきかどうか話し合った。これまで見た物件の中では一番良いということでは意見が一致した。だから良信としては、一刻も早く岸田に電話をし、購入の意思を伝えたかった。一方、多恵子のほうはその逆だった。そういう時にこそ冷静沈着になるのが、彼女の性格なのだ。夫は完全に浮き足立っていて、物事の全体が見えていないのではないかと危惧するのである。

多恵子が危惧するのは、買った後で不具合が見つかったらどうしようと、ある意味当然の心配をするのだ。良信は見つかったら直せばいいと安易に考えるが、多恵子のほうは大きな欠陥が見つかった時の、最悪の事態を想定するのだ。

結局、多恵子から出たのは「野上《のがみ》さんに相談してみよう」というアイディアだった。多恵子は長い間、ワシントンの駐米日本大使館に勤めていたが、大使館が新築された時に、外務省から派遣されたのが野上であった。一級建築士の資格を持つ野上氏は、数年前に外務省を退職し、東京に住んでいる。彼ならきっと相談に乗ってくれるだろう。

日曜日の朝、多恵子は野上に電話を入れた。すると幸いにも「一緒に熱海に行ってもいいですよ」と快く承諾してくれた。二人は大阪から熱海に向かい、熱海駅で野上と待ち合わせした。一行は出迎えに駅まで来た岸田の車に乗り込むと、ただちにマンションの下見に向かった。


野上による評価はおおむね良好だったが、一つだけ問題があった。ゲスト用のバスルームは大丈夫だが、家族用のほうは換気装置に不具合があると指摘された。良信がこのことを岸田に伝えると、すぐに修繕すると快諾した。

これで安心したのか、多恵子も購入を承諾し、良信は岸田にその旨を伝えた。その後の手続きに関してはメールで進め、詰めの段階でなんらかの問題が生じたら、日本に帰国して遂行することを確約した。

日本での生活拠点が決まったので、次はいよいよワシントンの住まいを売却する番になった。友人や知人らから情報を集め、代理人を決めると家を売りに出した。前庭に「セール」と書いた立札を立て、通りすがりの人に分かるようにし、購入者を待った。

近頃は日本でも増えたようだが、アメリカでは売り主が生活している時でも、購入希望者が下見に来るケースは多い。本来なら、家の片付けが終了してから売るのに越したことはないが、長年アメリカに住んでいたので持ち物が多く、いつになったら片付けが終わるか分からない。購入希望者は通常は代理人と一緒に来るが、「オープンハウス」という機会を設けて、その時だけ家主は家を空け、代理人が来訪者を待ち受けて応対するのである。

オープンハウスの前日、二人は揃って念入りに片付けをした。一緒に夕食を食べた後、食器洗いは多恵子がすると言うので任せ、良信は引き続き片付けをしようと思った。そこで地下へ行き、ソファーに横になり休憩をとった。

十分くらい経った頃に突如、階段のほうから大きな音が聞こえた。何事が起きたのかと良信が行ってみると、多恵子が踊り場で倒れているのが見えた。驚いて駆け寄ると、多恵子は口からこれまで耳にしたことがないような機械的な音を発していた。頭の下に手を入れ、抱え起こそうとすると、手にべっとりと血が付いた。

慌てて救急車を呼び、到着するまでの間、何度か呼びかけてみた。良信は何も考えられず、ひたすら救助が着くのを待った。

そしてサバーバン病院に到着するやいなや、多恵子は緊急治療室に運び込まれ、良信は別室で待つしかなかった。

治療に当たった医師がようやく部屋から出てきた。その間、良信には永遠にも感じられた。多恵子は今、どのような状態にあるのか、重症なのか、思ったよりも軽度なのか。医師の口から出た言葉は、これ以上ない非情なものであった。まったく予期しなかった多恵子の死を告げられ、良信はその場で凍りついた。

普通なら、壁に頭をぶつけたくらいで死に至ることはまれだと言う。おそらく、以前から脳の血流に異常があり、そこに強い打撃が加わって、出血多量を招いたのだろうと説明を受けた。渡米して四十六年、多恵子は一度も病院へは行っていない。風邪をひいた時でも、発熱した際も、病院へは行かずに自宅で薬を飲んで治していた。もちろん、定期的に健康診断に行くこともなかった。それどころか多恵子は、アメリカに来てから一度も病院の世話になっていないことを自慢していた。今となっては取り返しのつかないことだが、うわべは大丈夫でも体の内部のことは分からないのだ。ましてや、脳の血流の異常など、よほどのことがなければ気づかず、死に対する危機意識など皆無であった。

良信と多恵子は、沖縄の教会で思いがけずに出会い、結ばれた。生活を共にした四十六年の間には多少の波風もあったが、ほぼ順風満帆の人生であった。ところが、アメリカでの生活もひと区切りがつき、安住の住み処を得て帰国するという矢先に、多恵子はあっけなくこの世から去っていった。あまりにも苛酷な運命の仕打ちに、良信はしばし抜け殻同然のようになった。

熱海への移住

奥間良信が熱海に着いたのは、九月の終わりだった。再出発を目前にして多恵子を失った良信であったが、今さら後戻りはできない。第一、思い出の詰まったアメリカに一人でいることなど耐えられない。七十四歳になった良信は残された人生を、本来なら共に暮らすはずだった熱海に行き、多恵子の思い出と一緒に生きるのだ。そう決意した良信は、熱海のマンションで独り暮らしを始めることにした。

熱海に着いた次の日、良信は世話になった不動産会社を訪れた。これからのことを考え、不慣れな日本での生活に関して岸田に相談することにしたのだ。

良信は当初、独り暮らしに慣れるまでの間、生活全般をサポートしてくれる人がいないか、探してほしいと頼むつもりだった。しかし岸田は、そういう人はいることはいるが、はじめはいろいろな人に聞いて、まずは自分でやってみてはどうかと提案した。

それを聞いた良信は、確かに言うとおりだ、まだ自分はそれほど老いてはいない、どんなに初歩的なことでもいいから、周囲の人に相談しようと考え直した。

良信はさっそく、マンションの管理人に相談してみた。管理人は住み込みの夫婦で、名札には「佐藤憲一《さとうけんいち》・初江《はつえ》」と書かれていた。二人は四十代後半で、マンションの入り口には専用のデスクが置かれ、奥の部屋と受付の事務室が彼らの住まいであった。

生活をする上で大切なのは、電気、水道、ガス、そして電話である。佐藤夫妻から、どういった手続きをすれば利用できるのかを教えてもらった。

また、食料品を買うスーパーマーケットの場所も教えてもらった。自宅から歩くと距離があるので、タクシーを使ってみたが、初乗り料金をかなりオーバーした。いずれ近いうちに自家用車が必要になるだろう。

スーパーの店内は、想像以上に賑《にぎ》やかであった。アメリカと比べて売り場は狭いが、品物がいっぱいある。生鮮食品の種類も多いし、調理された総菜や弁当が数多く並んでいる。

家計のことは抜きにして、ここへ買いに来れば、自分で料理しなくても生きていけると思った。その点、アメリカのスーパーは、これほど至れり尽くせりではなかった。

良信が驚いたのは、品物の多さもさることながら、たくさんの客で混雑していることだった。アメリカのスーパーでは、客でいっぱいになるのはクリスマスと感謝祭の前日、それとハリケーンが近づいている際など、限られた時だけだった。

良信はマンションに帰ると、佐藤夫妻にスーパーが大賑わいだったことを話し、あんな大混雑はアメリカだとたまにしかないと伝えた。すると彼らは、さらに客足が倍増する日があって、月に数回、商品がすべて一割引になるセールがあると教えてくれた。当日は割引券を持った客が群れをなし、店は超満員になるという。そのスーパーが混雑するのは、熱海にはスーパーが一つしかないからだそうだ。以前は二つあったが、一つが潰れてしまい、まさに「売り手市場」となってしまった。

このスーパーの客の多くは高齢者で、客層の中核を占める。女性ばかりでなく、退職したと思われる男性客も多い。アメリカのスーパーでも年輩の客は多いが、日本ほどではない。良信が驚いたのは、これほど高齢者が多いというのに、カート同士がぶつかるような事故が起きないことだ。カートだけでなく、客同士の衝突がほとんど起こらないことも不思議だった。アメリカのスーパーだったら、あれほどの高齢者がいたら、次々と衝突が起こり、「アイム・ソーリー」の連発になる。

これは何も熱海のお年寄りが特別、カートの使い方がうまいという話ではない。日本人は、混雑した路上での歩行が極めて上手なのだという。外国の旅行者が日本に来て一番驚くのは、渋谷のスクランブル交差点での人びとの歩き方だそうである。あれだけの混雑の中で、ぶつかり合いがないことに驚いているという。

熱海のスーパーに来る年輩客は、全員が健常者で歩行がしっかりしているというわけではない。脳梗塞を患《わずら》ったような、歩行が困難な人もよく見かける。健常者、弱者や病者が入り交じる中で、お年寄りがカートを自在に操り、狭いスペース内でも衝突せずに動き回っているのを見ると、神業《かみわざ》にしか思えない。

なお、このような「奇跡的」な現象を可能にしているのは、公共の場において、お年寄りの一人ひとりが、つねに神経を遣っているせいだ。他人に迷惑をかけてはいけないという気遣いが、しっかり根付いているからだと思う。

さらに付け加えれば、それを可能にしているもう一つの要因は、スーパーのカートそのものにある。つまり、カートのどれもが、実に扱いやすいのだ。

良信が渡米した五十年前、アメリカのスーパーのカートは、ごつごつしていてとても扱いにくかった。たしかに大きくて頑丈で、品物がたくさん入る。長い間、スーパーでは当たり前に使われてきた。ところが近年、小さなカートが使われ始めた。しかし、大きなカートが廃止されたわけではなく、店の入り口には両方が並んでいる。

ところが実際には、客の多くは小さいほうを選ぶ。使ってみると、手頃で扱いやすいことが分かり、皆それを使うようになった。大きいほうを使う者は、それしか残っていなかったからだ。そもそも、日本のカートはアメリカのものより小さいけれど、ずっと扱いやすい。小ぶりでも上の段にも下の段にも十分品物が入る。それを押して移動するとき、下に付いた四つの車輪は、前後だけでなく左右にも自在に回転するので、スムーズに動く。そのことが、人混みの中でも衝突を起こさない大きな要因だろう。

日本の人びとにとっては当たり前すぎて、何をつまらないことに感心しているのかと不思議に思うかもしれないが、良信は強く感銘を受けた。一人暮らしの身になった自分にとって、スーパーは生活の大切な拠点であり、そこには毎週足を運ぶことになるだろう。しかも、そこへ心楽しく向かえるのは、大袈裟《おおげさ》でなくとても大切なことなのだ。

けれど一つ問題があった。最初に来た時思ったことだが、タクシーで通うと月々の出費はかなりの額になる。この問題を解決しないと、スーパーへ来る楽しみも半減してしまう。さっそく不動産会社に行って真田《さなだ》さんという男性事務員を紹介してもらった。日曜日なら時間が取れるというので、真田さんに同行してもらい、三島市まで行った。彼が言うには、熱海には適当なディーラーがないので、三島へ行ったほうがよいだろうとの意見だった。なお、良信としては新車でなくとも、中古の良いのがあればそれでも構わないと伝えた。

日曜日の朝、真田さんに迎えに来てもらって三島に向かった。距離にして二十五、六キロ、渋滞がなければ一時間くらいで到着するという。

最初に行ったのは中古車の販売店で、店の展示場にあるいろいろな車を見て回った。ほどなく、気に入った車が見つかり、値段や保険のことなど、話を聞いた。すると、保険などの諸費用も入れて百万円以下というので、良信はすぐさま購入することにした。その日は現金を持参して来たので、すぐに支払いを済ませた。

マンションに帰り、管理人の佐藤さんに会って、車を購入したことを告げた。車を購入すると車庫証明というものが必要になるので、どうしたらよいのか相談した。佐藤は地下にある駐車場へ連れていき、良信の車を停める場所を教えてくれたが、すでに良信の部屋番号が表示されていた。また、来客があった場合、二台分のゲストパーキングもあるから、そこに停めるとよいと言った。佐藤はさらに、警察に提出する申請書には、マンションの理事長川上《かわかみ》の承認が必要であることと、その後の手続きなどを教えてくれた。

そして、理事長の川上から駐車場所を具体的に図示した書類を警察に送ってもらい、後日、警察から車庫証明書がもらえたので、車の販売店に送った。すると、二週間ほど経ってから、いつ引き取りに来てもよいとの通知があった。良信が、これで一件落着と喜んだのも束の間、またまた難題が生じた。それは三島から熱海までのドライブのことだ。

車を引き取ったら、当然、三島から熱海の自宅まで車を運転しなければいけない。慣れない道を一人で、一時間もドライブするのだ。アメリカでは何十年も運転してきたとはいえ、日本ではそう簡単にはゆかない。もっとも大変なのは、ハンドルの位置が逆なことだ。それに、日本の道路の道幅は狭い。また、カーナビが付いているとはいえ、良信はそれを使っての運転は苦手だった。どう考えても、一人でここまで運転するのは無理だと思い、良信は一計を案じた。アメリカから持ってきた最高級のウイスキーを進呈するからと、岸田に熱海までの運転をお願いしてみたところ、快く引き受けてくれた。

必要に迫られて車を購入したが、次から次へと新たな問題が出てくる。良信は現在、国際免許証を持っているので、一年間はそれで運転は可能だ。しかし、いずれは日本の免許証が必要になる。だから、なるべく早いうちに切り替えたいと思い、熱海の警察署に出向いた。すると、免許に関する手続きは、沼津市にある東部運転免許センターに行く必要があると分かった。

免許センターに行って係官に相談すると、普通は適性試験、学科試験、技能試験を受ける必要があるが、良信の場合、アメリカでどういう運転をしてきたかのレポートを書かされることになった。幸いそれに合格し、視力検査でも問題がなかったので、ようやく日本の免許証を取得することができた。

係官は無愛想で威圧感のある人だったので、良信は努めて控えめの態度を取った。それで心証を良くしたのか、その日のうちに免許証を手に入れることができた。家路に向かう良信の足取りは、来るときと比べて軽くなった。

アメリカでは何十年も車を運転してきたのに、熱海での運転には恐怖感を覚えた。アメリカの場合は左ハンドルだが、右に変わっただけなのに、なかなか慣れなかった。特に道幅が狭いことが問題だった。日本の道幅はアメリカよりずっと狭いのに、日本人のドライバーは皆、スイスイと巧みに運転している。それに引き換え良信は、対向車との距離が適切なのか分からず、ヒヤヒヤしながらハンドルを握っていた。だから家に帰ると、ドッと疲れが出た。

現在、日本よりアメリカの物価のほうが高いが、七年前に帰国した時、日本の物価は一・五倍ほど高かったように思う。特に新鮮な野菜や果物は高く、アメリカなら半値で買えたりんごが倍もしたので驚いた。ほうれん草やブロッコリーも同じで、アメリカのほうがずっと安かったことを実感した。しかし、物価が高いのにもかかわらず、スーパーではお年寄りが生き生きと買い物をしているのを見て不思議に感じた。それが可能なのは、日本が豊かになった証拠だと考えるしかなかった。

彼ら年輩者は若い時、敗戦後の耐乏期を経て徐々に復興を成し遂げ、高度経済成長期に猛烈に働き続けた。そのお陰で国力の土台作りに貢献し、その結果、老後を迎えて今、こうしてスーパーでの買い物を生き生きと楽しんでいるのだ。

それを考えると、自分はどうだったのだろうか。アメリカに長く住んでいたため、日本のために頑張ったなどとは到底言えない。だから物価高を嘆く資格などないなと、良信は自省した。

弟一家の来訪

帰国して熱海で暮らすようになってしばらくの間、良信は日本の生活に慣れず、落ち着かない毎日を過ごしていた。日本の諺《ことわざ》にもあるように、所変われば品変わるとはよく言ったもので、何事につけても戸惑うことが多い。しかしそんな日々も日を追って改善され、気がつくと生活上のストレスもすっかりなくなっていた。

そんなある時、沖縄の弟妹と東京に住んでいる甥や姪の家族が、良信のマンションに泊まりがけで来ることになった。久しぶりに会えるのだと思うと高揚感も生じ、連絡を受けてからその日まで、一日千秋の思いで待ち望んだ。

秋も深まったある日、沖縄にいる弟の浩《ひろし》が最初に到着した。二人はよく冷えたビールで乾杯し、再会を喜び合った。良信が作った手料理を勧めると、浩は美味《うま》そうに食べた。浩の酒好きを思い出した良信は、日本酒があるのを思い出し、キッチンに取りに行った。先日、上の階に住んでいる人が見え、改修工事をするので迷惑をかけるからと、渡されたものだった。

浩は、テーブルの上に置かれた日本酒の瓶を手に取ると、銘柄が印刷されたラベルを一瞥した。しかし普段、焼酎を好む浩には、どの程度の酒か知る由もない。グラスに注ぐと、飲み始めたが、「どうだい?」と良信が聞いても、「悪くないんじゃない」と当たり障《さわ》りのない返事をしただけだった。おそらく、兄貴が出してくれた酒だから、まずいとも言えず、そんなふうに答えたのであろう。それでも結局、四合瓶《しごうびん》の半分くらいは飲んだようだ。

翌日になると、浩の息子・勇一《ゆういち》の一家が東京からやって来た。食事の時に良信は、勇一にビールを出した後、昨日浩が飲み残した日本酒を持ってきて、テーブルの上に置いた。

勇一は、それを手に取るや否や、良信に聞いた。

「おじさん、これどうしたの。誰かにもらったの? なかなか手に入らない最高級の日本酒だよ」

良信がいきさつを説明すると、勇一は、

「このマンションにはすごい人がいるんだね。これ、すごくいい酒だよ。本当に美味い」

と感嘆の声を上げた。

そのやり取りを眺めていた浩は、少し恥ずかしいという表情を隠しながら、

「焼酎の良し悪しなら分かるが、日本酒のことは分からん」

と言って、夕べ誉めることもせずに、淡々と飲んでいたことの言いわけをした。

勇一の息子は博《ひろし》という名前だ。まだ一歳三か月なので、ヨチヨチ歩きを始めたばかりである。

良信の自宅には、キッチンの四方をぐるりと囲んだ正方形の廊下がある。そこはすべて絨毯《じゅうたん》が敷いてあるので危険はないが、大人がキッチンで談笑をしている間、博は一人で廊下に這い出し、ヨチヨチ歩きをしたり、這ったりして遊んでいた。

良信は博が這って廊下に出て行くのを見ると、

「さあ、おいで」

と手を広げて声をかける。すると、それに気づいた博は必死になって、ヨチヨチ歩きで近づいてくる。そして、大分歩いたなと思っていると、ふらついて途中で倒れてしまう。

それでも良信が、

「うまかったよ、すごく頑張ったね」

とパチパチ手を叩いて誉めると、博はまたヨタヨタと立ち上がって歩き始めた。博が廊下の端まで来ると、良信は反対側の端に立ち、今度はこちらに向かって歩くよう手招きをした。

そんなことを繰り返していると、博の歩行距離は少しずつ長くなった。自分でも上達具合が分かるらしく、そのことが嬉《うれ》しいのか、歩行練習をやめようとしなかった。

それまでキッチンで談笑していた大人たちは、博と良信がいなくなってから、長い間帰ってこないのに気づいた。

「二人で何をやっているのか、見てくるわ」

博の母親の和美《かずみ》がそう言って廊下に出た。

見ると、我が子が良信と歩行練習をしている。和美はすぐに、博の歩行距離がぐんと伸びたことを知って、叫んだ。

「博、上手になってる!」

和美は踵《きびす》を返すと、大急ぎで皆を呼びに戻った。

博のゴール地点に観衆が立ち、歩いて来るのを待ち受けた。良信のかけ声で博が歩き始める。その間にも、歩く距離はぐんぐん伸びているのが見て取れる。いっせいに全員が大きな拍手を送った。博はそれに気をよくしたのか、転んでもすぐに起き上がって、チャレンジを続けた。

「子どもってすごいね。本当にうまくなったわ。ジイジと練習するのが嬉しいみたい。でも今日はこれくらいにしましょうね。えらかったね」

母親はそう言うと、我が子をしっかりと抱きしめた。

皆は再びキッチンに集まり、博の健闘を称《たた》え合った。博の歩行距離が伸びたのは、ちょうどよい具合に廊下が配置され、絨毯が敷かれていることに起因していた。皆が改めてこのマンションの広さに感心した。

来客はよく良信のマンションが広いことに驚き、誉めてくれる。いつも軽く聞き流している良信だが、今日は違った。博の歩行が上達し、皆があれだけ喜んだのだから、ここの広さはダテじゃない。こんな形で貢献できたのだから、広いことはよいことだと、初めて誇らしく思えた。

温泉と住人たち

良信のもとを訪れる来客が一番楽しむのは温泉である。良信の住むマンションには温泉の出る大浴場が併設されているので、来客があるといつも、そこを利用してもらう。皆は口々に温泉を誉め、良信がいつも利用できることを羨《うらや》ましがった。彼らがマンションを去る時、「また温泉に来て下さい」と、魔法の言葉を口にして誘惑する。

もっとも良信のほうは、来客には温泉を勧めるのだが、入居当初は自宅のバスルームで入浴を楽しんでいた。浴室の壁には檜《ひのき》が使われており、木の香《か》漂う湯舟に浸かり、立ちこめる湯煙の中で風情を楽しむのは至福のひと時であった。

ところがある時、気持ちに変化が生じた。たまたまテレビで熱海に関する番組を見たのがきっかけだった。その中で温泉のことがいろいろと紹介された。火山が多い日本では昔から至るところで温泉が湧いていたが、江戸時代になると温泉の番付ができたという。つまり、大相撲の番付のように格付けされて、こっちの温泉が一番だとか、あちらのほうがよいのだといった具合に、実力と人気を競ったらしい。

しかし、その番付に熱海の温泉は載らなかった。こんなに有名な温泉なのになぜかと誰しもが不思議に思うだろうが、それには次のような理由があった。

江戸幕府を開いた徳川家康は温泉好きで、とりわけ熱海の温泉を好んだ。それは代々の将軍も同じで、中にはわざわざ熱海から江戸城まで毎日のように、温泉を運ばせた者もいた。そうなると、公方様が愛用した温泉にランクなど付けられない。だから、熱海は番外になったのだという。

その番組を見た良信は、にわかに温泉に興味を持った。しかもその頃、管理人の佐藤からこんなことを聞かれた。

「当マンションの皆様はよく温泉に入りますよ。でも、奥間さんは滅多に利用されませんね。お好きでないのですか」

「自宅の浴室が気に入っていてね。とても満足しているので、いつも利用しているんです」

「それは結構なことですが、温泉は身体にいいですよ。それに、水道料金がかかりませんからね。利用しない月と比べると、その差は一目瞭然ですよ」

良信は佐藤の勧めに従って、初めて温泉に入ってみた。平日の入浴時間は午後の四時から、夜の十一時まで。週末の土曜、日曜は朝湯もあって、七時から十一時、昼間は平日と同じである。ただし、お盆と正月は週末と同じスケジュールになる。

昼の四時、良信は開始早々の時間を選んで浴室に入った。誰もいない、大きな浴室は一人だけで、貸し切り状態だった。浴槽の広さは縦一・五メートル、横五メートルの横長である。細長の蛇口からは、澱《よど》みなく温泉が流れ込んでくる。

体を洗ってから、静かに浴槽に入った。温泉で顔を洗うと、水滴が口に入り、わずかに塩っ気がした。これで、温泉に浸かっているという実感が湧いた。手足を伸ばし、顔だけを浮かせると、すっぽりと身体全体を温泉に沈めた。

窓ガラスの下部は水滴で曇っているが、上のほうはすっきりしていて、外の景色がはっきりと見える。眼下には熱海の海が一望でき、遠くに初島が見えた。

ゆったりと景観を眺めながら、一人で温泉を満喫している。良信は目を瞑《つむ》り、ありがたく至福の時間を味わった。

温泉を利用するようになってから、良信は自宅の浴室を使わなくなった。気分の良さも格段に違うが、水道代も相当に違う。

温泉を勧めてくれた佐藤にお礼を述べると、

「やっぱり、温泉はいいでしょう。今では奥間さんが一番風呂の常連となり、このマンションでは一番の温泉愛好家です。そういう方がいらっしゃることが、温泉のお世話をしている私どもにとってはやり甲斐になっていて、感謝しています」

佐藤は嬉しそうに良信に頭を下げた。これで二人の気持ちが通じ合った。


良信が温泉を愛用するようになると、いろいろな人たちと親しくなった。良信は一番風呂に入るのを常としたが、その日の都合で、入浴の時間は変わる。遅い時間に入浴すると、それまで知らなかった住人と顔を合わせる機会が増え、少しずつ話すようになった。

これまでは、このマンションの理事長である川上と話すくらいであった。それも、廊下でたまたま出会った時に挨拶《あいさつ》を交わす程度であったが、温泉に入るようになってからは、打ち解けた話をするようになった。すると次第に、これまでどんな仕事をしていたのか、いかなるキャリアを積んできたのか、問わず語りに話してくれるようになった。

川上は大手企業を定年退職した後、関連会社の役員をしていたという。ボストンにあるアメリカの名門大学に、何度も研修に行ったそうで、得意の分野で活躍したことを窺わせる。背丈はそう高くはないが、がっしりと引き締まった体格をしていて、頼もしさを感じる。きびきびとした張りのある声で話すので、マンションの理事長として頼りがいを感じる。理事長としてはまさに打ってつけの人物だと良信は感服した。

国連の関連機関に勤務していた事務局長が他界したことがニュースで報道された時のことだ。良信はちょうど川上と一緒に入浴していた。

「彼は外交官出身なんですが、仕事の都合で日本に一時帰国した時、一緒に風呂に入ったことがあります。私より若いのですが、惜しい人が亡くなりました」

川上はしみじみとそう語った。世界的に有名な人と面識があり、お風呂も共にしたんだと、川上の現役時代の活躍ぶりを良信は想像した。

良信の部屋は二階にあるが、マンションの入り口からすぐの一階の一角に居を構える反町《そりまち》は、良信より後にマンションに移住してきた。良信のもとに転居の挨拶に来た時は妻君と一緒で、反町は可愛い子犬を抱っこしていた。

「可愛いですね」という言葉を相手から期待していた反町の抱っこだったが、良信の口からはそれが出てこなかった。良信は犬や猫が性に合わなかった。小さい頃に小鳥にひどいことをしたことがあり、その良心の呵責《かしゃく》がずっと尾を引いていると良信は思っている。

良信の子犬へのそっけない態度に、愛犬家の反町は内心驚いただろうが、それを曖《おくび》にも出さず、にこやかに入居の口上を述べた。妻君も戸惑いを隠しながら、短い言葉で入居の挨拶を述べ、頭を下げた。

良信には反町は自分と同じ年代に見えたが、見栄えがする風貌をしていた。頭髪に白髪は混じっていたが、毛髪はしっかりあった。ハンサムな顔立ちで、若い頃にはあまたの女性に憧憬の思いを抱かせたと思われた。

妻君は、年は召してはいるが上品で若々しく、実にお似合いの夫婦だった。映画に登場するような雰囲気を醸《かも》し出していた。

反町は名古屋で輸出関係の仕事に携わり、退職後は自宅で悠々自適の生活をしていたが、名古屋の自宅は息子に譲り、温泉生活に憧れて熱海に来たという。

しばらく経って、反町の年齢が八十を遥かに超えていることが分かった。妻君が若く見えるので、良信は反町の年齢を七十代と見て、自分より若いと思っていた。反町が自分より年長者と分かってから、良信は反町への言葉遣いに気をつけるようになった。

杉浦良雄《すぎうらよしお》は、良信より五年も前からこのマンションに部屋を持っているが、本宅は東京にある。ここはリゾートとして使っていて、一か月に一度くらい滞在する。

良信は浴室で初めて杉浦に会ったが、これまでに会った人とは何か違うものを感じた。豪放であり、どっしりとした神経の持ち主に見えた。

良信は健康保持のために、朝の散歩を心がけている。散歩のコースで、杉浦と会うことがある。とてつもない遠くまで行っての帰りだったりする。

温泉に浸かりながら、杉浦は良信に、その日行った場所の様子を詳しく語る。良信は熱海周辺のいろいろなことや様子を、杉浦の足に立脚した見聞から知ることができた。

温泉は駐車場の裏側にある。良信は温泉が開始される四時頃に駐車場を通るが、その時、今までなかった杉浦の大きなジープが停車しているのを目にすると、杉浦が二、三日宿泊すると思い、浮き浮きした気分になる。彼が熱海周辺のブラ歩きで手に入れた見聞を拝聴できるからだ。

ある日、良信が朝の散歩からの帰り、自分のマンション近くまで戻った時、車に乗った二人連れの女性から声をかけられた。良信のマンションを捜していて、今日引っ越しをしてくる家があり、その部屋の掃除をしに行くという。

「私はそのマンションに住んでいます。すぐそこだから、ついてきて下さい」

良信はそう言って先頭に立って歩いていくと、後ろから車はついてきた。「ここです」と指を差したら、二人は私にお礼の言葉を述べ、車から下りてマンションに入っていった。

その日の夕方、良信の部屋のベルが押されたので、良信が出てみると、中高年の婦人が引っ越しの挨拶に見えた。

「今朝、掃除をするという二人のご婦人から、このマンションへの行き方を聞かれたので教えてあげましたが、お宅のお仕事に行ったんですね」

良信が聞くと、「そうです」と答えが返ってきた。

「お会いする前に、もうすでにお世話になったんですね。よろしくお願いします」

その婦人はそう言い、引っ越しの挨拶をうまく締め括《くく》った。

彼女の夫が小平陽一《こだいらよういち》で、東京の中堅企業で役員を務め、婦人もその会社で事務員として働いている。引っ越しといっても、本宅は東京にあり、熱海のマンションはリゾートとして利用している。

小平が週末に保養に来ると、良信は浴室でよく小平と一緒になった。知識が豊富でいろいろなことを詳しく話してくれる。良信より後に熱海に来たのに、良信よりずっと熱海のことを知っていた。

それでいて人柄が謙虚で、低く構え、相手を立てる。会社では人間関係を円滑にやり、仕事をうまくこなしていると思われる。東京では神経を磨《す》り減らす毎日だから、たまには息抜きとして熱海が必要なのだろう。

小平夫婦は、はじめは仕事と生活の拠点を東京に置いていたが、熱海のマンションを利用することが多くなっていった。新幹線を利用して、仕事への往き帰りができるからである。マンションの理事長がそうしており、その感化を受けたと思われる。

土井敏嗣《どいとしつぐ》は、生粋の熱海っ子である。生まれも育ちも熱海である。親の代からたくわんを作り、販売をしている。熱海の目抜き通りに店を構え、熱海駅の売店街にも店を出している。たくわん以外にも漬け物をいくつか作り、スーパーでも販売をしている。

土井夫人が作った漬け物はとてもおいしく、年末、そして普段でも、敏嗣が良信のところに持ってきてくれる。「うちは沖縄のヌチマース（命の塩）を使っているんですよ」とのことで、良信は敏嗣、そして夫人の心尽くしに胸がいっぱいになり、いただいたものをおいしく頂戴する。

熱海は丘陵地に温泉や住居があるが、その上部の平坦な場所に農地が広がっていて、そこでとれる大根を使って、たくわんをつくっている。土井は次男で製造を担い、販売は兄が担当する。父親の代から続く家業は全国的にも高い評価を受け、銀座の有名店にも出荷しているという。

良信は昼過ぎにいつも見るテレビの番組で、途中アナウンサーが、「夕方のローカル放送で、熱海にある味で評判のたくわんのお店を紹介します」と、土井の店の名を口にした。

五時十分前にローカルの放送局の番組がスタートするので、良信はテレビのスイッチを入れた。ニュースが終わり、土井の店の紹介が始まった。熱海の目抜き通りを車で通過する時、良信がハンドルを握りながら目にする土井の店が映った。

女性のアナウンサーが店の主人をインタビューして番組は進行した。店主は土井の兄で、社長である。和服を着て、アナウンサーの質問に次々と答えていた。

土井の兄は上品な顔立ちで、話し方も上手である。たくわんの説明をいろいろした後で、これまでは三年もののたくわんが上質とされてきたが、最近ではさらに上質なものとして七年ものを発売しているという。評判も上々で、老舗のお店からぼちぼち注文が来ているとのことだった。上品な品の良い老人の静かな語り口は、視聴者に良い印象を与えたと思った。

しばらく経ってから、良信は浴室で土井と一緒になった際、テレビで見たことを告げた。アナウンサーの質問に対するお兄さんの受け答えは上手で、着物姿のお兄さんは恰好良かったと誉めた。土井は照れながら、嬉しそうに聞いていた。

温泉の湯舟に浸かりながら、良信と土井はよくスポーツの話をする。ある日、剣道の話になった。土井は高校生の時、剣道のクラブに入って腕を磨き、静岡県代表になって全国大会にも出場したという。土井は小柄であるが、動きに敏捷なところがある。得意技は胴や小手だったそうで、背の高い人が小柄の土井に上段から面を打ち込んでくるところを、一瞬先に胴や小手を打ったそうである。思い出を語る土井の表情は輝いていた。

良信は朝の散歩を心がけていた。散歩のルートは、マンションを出て左側の道路を歩き、駅へと坂道を下りていく。下りなので歩くのが楽である。当然、駅からマンションへの帰りの道は、上り坂になるのできつい。

上り坂を歩きマンションに向かっていると、朝の出勤で熱海駅に向かう良信のマンションの住民に会うことがある。その時は、お互い短い挨拶を交わす。良信が一番よく会うのは土井夫人である。彼女も土井のたくわんの会社の一員である。

晴れた日に夫人は、パラソルを差して歩く。良信は息を弾ませて坂道を上がっていくが、夫人は坂道を下って歩くので、足取りは軽い。すれ違う時、お互い声をかける。

ある時、前の日に湯舟で土井から若い時の剣道の武勇伝の話を聞いていたので、

「昨日は、ご主人の若い時の剣道の武勇伝を聞きましたよ」

と良信は話を向けてみた。

「そうですか」

夫人はひと言返すだけだったが、嬉しそうに少し頬が赤らんだ。三十を過ぎた息子がいるのに、若くて初々しい。

しばらく経って、地下の駐車場で土井と良信が車を駐め、同時にエレベーターに向かうことがあった。

「あなたはスポーツマンで、女性に持てたでしょうが、とても素敵な女性を射止めましたね」

良信は土井に話しかけた。

「そうですね」

土井は笑顔で返し、とても嬉しそうであった。土井夫妻は相思相愛の見事な夫婦なのである。

良信のマンションには、熟年の女性が多く、それぞれチャーミングであるが、若い女性で目を見張る人もいる。

マンションの裏山の上のほうに、熱海で名所となっている美術館がある。それを創立した人は、新しい宗教の創始者でもあった。

その孫は、オーストラリアの大学院で神学を履修し、目下布教活動に従事している。背がとても高く、ハンサムな好青年であるが、その若い細君がとても美しい。宗教家の細君にぴったりの清楚《せいそ》な美しさに輝いている。

管理人の佐藤から、二人の間に女の子が誕生したと聞き、良信は赤ちゃんにプレゼントをした。その赤ちゃんにはたまに廊下で会うくらいだが、そのたびに成長しているのが分かる。

「大きくなったね」

良信は声をかけた。

「メイちゃん、奥間さんよ、奥間さんよ」

若い細君は良信の姓を連呼し、子どもに覚えさせようとする。

その若夫婦とメイちゃんの一行とは、よくスーパーで一緒になる。レジで支払いが済んで、良信が荷台で購入した品物をビニール袋に詰めていたら、少し離れたところでレジに並び、良信の姿を目にした若い細君が話しかけてきた。

「メイちゃん、奥間さんよ、奥間さんよ」

細君は人前を気にしないで、大きな声で言う。

映画に登場するような素敵な若夫婦の細君が大声で叫び、指先を此方《こちら》に向けるので、周りにいた年輩客たちは、何事が起きたかと目を向ける。

一度の呼びかけでは良信に目を向けないメイちゃんに、若い細君はもう一度、繰り返す。

「メイちゃん、奥間さんよ、奥間さんよ」

良信もそれに応えて、手を振る。お年寄りが一斉にこちらに目を向けているのが分かるので、良信は少し恥ずかしかったが、細君の純粋な気持ちが嬉しくて、メイちゃんに近づき頭を撫《な》でてあげた。

隣人との交流

良信はマンションの住人、そして保養地としてマンションを使用している人と温泉で話し合うことが多くなり、次第に知り合いの輪は広がっていった。

しかし、その中でも一番付き合いの多いのは管理人の佐藤であった。初江夫人も、忙しい土日は午前中、パートで管理人の仕事を手伝っていた。

良信は夫の佐藤とほとんど毎日言葉を交わしている。温泉の入浴開始の午後四時になると、一番風呂を心懸けている良信は自室を出てまずエレベーターで一階に下りる。さらに地下の駐車場へ向かうエレベーターに乗り換えるにはマンションの入り口を通るが、その時、たいてい管理人の佐藤はフロントに坐っているからだ。

それで、良信は立ち止まり、佐藤に声をかける。はじめの頃は天気のことだったり、昨今のビッグニュースだったりしたが、次第にスポーツのことを話すようになった。

良信もスポーツが好きであり、佐藤もそうであった。プロ野球がスタートすると、良信はそれを口にし、大相撲がスタートすると、前の日の取り組みで熱戦だったものを話題にした。

佐藤は広島出身なので、プロ野球は広島のファンだった。良信は贔屓《ひいき》の球団はなかったので、佐藤と話をするようになってからはスポーツニュースで広島の勝ち負けはしっかり把握し、しっかり会話が弾むように心がけた。

佐藤はスポーツ通だが、スマホやパソコンから幅広くニュースを仕入れているので、いろんな分野で博識である。

先年、沖縄ゆかりの人気音楽グループが「U.S.A.」という曲を大ヒットさせた。

「今年のレコード大賞は『U.S.A.』がきっと受賞するよ」

良信の弟浩は電話で良信に語った。ところが、その賞はある女性アイドルグループが受賞した。

「審査員が何かの権威に忖度《そんたく》したから、ああいう結果になったんだ」

がっかりした浩は良信に愚痴《ぐち》をこぼした。

そのことを翌日、良信は佐藤に会った時に話すと、

「『U.S.A.』は大分流行《はや》ってはいますが、CDの売上はどうでしょう。女の子のグループの売上が俄然上なら、賞はそっちに行きますよ」

ということだった。

『U.S.A.』が受賞を逃したことに向かっ腹を立てていた浩に、そのことを電話で告げると、

「そうか」とすぐに納得した。弟の怒りを鎮《しず》めたものは、管理人の佐藤から良信が得たコメントであった。

マンション運営の最高責任者は理事長だが、運営の実行に携わるのはマンションのあらゆる機能を熟知している管理人の佐藤である。

マンションに常住する人、リゾートとして利用している人も、一番使うのは温泉であり、佐藤はその管理をしっかりやっている。また、佐藤は機械に強いので、温泉の調子が悪い時には、どこが悪いかすぐ見抜く力を持っている。

自分で直せるものは自分で直すし、業者による修繕が必要ならば、その手配をする。修理に大きな費用がかかる場合は、管理会社の当マンション担当である村田《むらた》に連絡する。村田はいく

つかの業者から修繕の見積もりを取り寄せ、マンションの理事長、理事、監査にメールを送り、検討させる。

そういう機械の故障対応の中心になるのは管理人の佐藤で、修理に滞《とどこお》りがないように気を配っている。

マンションにとってなくてはならない人なのだが、居住者たちは総じて主従の関係で佐藤を見ていた。言葉では高飛車な言い方はしないが、意識の中ではあったように見える。

その点、良信は長くアメリカに住んでいたので、佐藤との関係で主従の意識はなかった。マンションを支えている一番の功労者は佐藤で、良信は尊崇の念さえ抱いていた。

良信と佐藤はスポーツの話だけでなく、多くのことを話題にした。お互い聞く耳を持っていたので、どちらかが話したいことがあると、聞く側はしっかり耳を傾けた。

ある雨の日だった。

「外は相当降っているみたいだね。ゆっくりお湯に浸かってくるね」

カウンターに坐っていた佐藤に、良信はそう告げて浴室に向かった。

体を洗い、湯舟に入った。ガラスは曇り、ぼんやりと外の景色が目に映る。手前には庭の前栽がぼやけて見える。ほとんど動きがないが、葉先が少し揺れているのもある。

窓の外では、少し遠くのほうで左側には電柱、もっと遠くの右側には鉄塔が見える。良信は手前に見える前栽より、遠くに見える電柱と鉄塔に目を凝らした。

晴れた日に見る電柱や鉄塔は、文明生活に必要な電気を送り届ける大切なものなのに、単なる無機質の味も素《そ》っ気《け》もないものと見ていた。

それが、雨の日の良信の目には何となく憂いを秘めた風情あるものに見えていたのだ。手前に見える前栽にも風情はあるが、電柱や鉄塔にも、良信の心を揺さぶる大きな変貌があった。

晴れた日に電柱や鉄塔が見せる輪郭の硬さがなく、柔らかな衣を身に纏《まと》った女人《にょにん》の姿に見えた。湯舟に浸かりながら夢幻を見ているようで、一人で恍惚《こうこつ》感を味わっている自分が別人のように思われた。

長く湯に浸かりすぎてのぼせてきたので、良信は湯舟から上がって浴室から出た。カウンターにはまだ佐藤が坐っていたので、日頃見ている電柱や鉄塔が憂いを秘めた女人のように見えたと話してみた。

良信の話を聞くと、はじめはきょとんと聞いていた佐藤は、

「今度、雨の日、私も電柱や鉄塔をじっくり見てみます」

と答え、良信の話にしっかり耳を傾けてくれた。

その後、佐藤からそのことについての話はなかった。はじめのうち、良信は佐藤から何らかの反応があることを期待していたが、何もなかったのでそのうちに忘れていった。

良信が熱海に来て、かなり生活に慣れてきた頃、理事長の川上が良信の部屋を訪れた。何事かと思って出てみると、マンションの管理組合の監事になってほしいということだった。不慣れなので一応断ったが、是非お願いしたいというたっての頼みなので引き受けた。

五月になると、新年度の一回目の総会が開かれた。反町が新理事になっていた。管理会社は、当マンションの担当として引き続き村田を任命していた。そこで村田は、総会に出席している全員に、会議の進行に必要な書類を配った。それをもとに、理事長は議事を進行していった。

議案の討議に先立ち、村田が手短かに、前年度の会計報告をした。出費の項目はかなりあったが、村田は大きな額の項目だけを取り上げ、その説明をした。他社との相見積もりも取り上げ、どうしてその会社に請け負わせたかについても解説した。

その報告が終わった後、理事長は良信に感想を求めた。良信はこう述べた。

「私はアメリカでずっと一軒家に住んでいたので、アメリカのマンションの運営についてはよく分かりません。ですがおそらく、日本の管理会社は事細かに管理の運営をしていると思います。その点、アメリカは大雑把《おおざっぱ》です。村田さんはとても緻密な報告をしてくれました。日本人がいかに優秀であるか、これで分かります」

アメリカと比較して日本を誉めたので、出席者は嬉しそうであった。

マンションの総会は、年に三回開かれた。管理会社の担当村田が、手際よい会議進行のためにまとめた報告書を準備しているので、総会はいつも短時間で終了した。

次年度も理事会のメンバーは同じであった。良信は理事会の監事を務めているが、名ばかりの役員であった。その点、理事の反町は、当マンションへの気配りをしっかりしていた。

マンションの入り口には、立看板がある。

「当マンションの関係者以外、立入禁止
当マンション管理組合」

何とも古めかしい立看板である。しかし、築三十年近くなるマンションなので、そういう古色蒼然とした看板はお似合いであった。

反町は管理人の佐藤に対し、新しい看板を発注するように依頼した。その結果、新しい立看板に変わった。わずかな出費で、マンションが様変わりしたのである。ちょっとした思いつきでそうなったのだから、立案者の反町の発想力に良信は感嘆した。

良信は帰国して老後の生活を過ごしているが、日本のテレビ番組が実におもしろいので、感心している。だから時間があると、つい見てしまう。なかでも、特に楽しみにしている番組があった。それはBSで週一回放映される番組で、良信は必ず見ている。

音大出身の男女が登場し、ひと昔前の流行歌や唱歌をコーラスで歌うという内容だ。そのことを反町に話すと、彼も夫婦でその番組を楽しんでいるという。しかも夫人が低音の男性歌手に熱をあげて、その歌手のリサイタルや公演があると、夫婦揃って聴きに行くというから驚いた。

「家内は彼の追っかけをしているんですよ。だから私は、いつも付き合いで聴きに行くんです」

反町は照れながら、嬉しそうに打ち明けた。

良信は後日、そのことを佐藤に話した。

「あの年齢《とし》で、奥さんは合唱グループの一人に熱をあげて、追っかけまでしていると言っていました。しかも反町さんは嬉しそうについていくというから、おもしろいカップルですね。なかなかかっこいいと思いませんか」

佐藤はこの話を聞くと、

「そうですね。かっこいいですね」

と相槌を打った。

良信は散歩をすることを日課の一つにしている。たいていは朝早いうちに出かけるが、たまに遅い時刻に出発した際、反町に会うことがある。反町は可愛い小さな愛犬を飼っていて、一緒に散歩を楽しんでいるのである。

二人は会うと必ず、立ち止まって話をする。

「私は毎日散歩をしますが、五年後の自分を考えて歩いているんです」

良信が反町にそう言うと、

「そうですか、それは感心ですね。私には兄がいましてね。八十五歳で亡くなりましたが、最後のほうはヨボヨボになって、車椅子に坐って暮らしていました。私もああはなりたくないから、奥間さんを見習って散歩を続けます」

どうやら五年後の自分を想像して答えたようだ。良信が何気なく口にした言葉に刺激され、反町が真剣な顔で言ったのがおかしかった。

四日ほど経った晴天の日、良信はいつもよりずっと遅く散歩に出かけた。散歩が終わり、マンションの入り口まで戻ってきた。すると、違う場所を散歩して帰ってきた反町に出くわした。

お互いが立ち止まり、挨拶を交わしたが、反町の身なりを見て驚いた。良信はいつもの古い洋服を着ているのに、反町は洗練された上下お揃いのスポーツウェアを着ている。明るい青色の上下で、紺碧の空にとてもマッチしている。

「かっこいい。とてもよく似合っています。さすがです」

良信が誉めると、

「五年後に備えて、今散歩しておくことはとても大事だと思うんです。奥間さんみたいに毎日の散歩はできませんが、できる日には頑張るつもりです」

反町は決意のほどを語ってくれた。

「反町さんは、今でも立っているだけでかっこいいですが、散歩を続けると、もっとかっこよくなります」

良信が励ますと、反町は嬉しそうに微笑んだ。

台風災害と断水

日本は温暖な国なので、季節によって種々の花が咲き誇り、テレビでも各地の美しい様子を映し出す。それを見ていると、たまには出かけてみたいと思うことがある。世界的に見ても、日本の国土はすばらしく、美しい景観に満ち満ちている。

ところが、美しい日本の国土が一変する時がある。気候の激変だ。お盆が近づくと、都会から地方へと、大移動が始まる。故郷《ふるさと》に里帰りをするため、列車や高速道路が混雑するのを承知で出かけるのだ。ところが、同じ頃に台風が近づいてくると、大騒ぎになる。ひと昔前、沖縄は「台風銀座」と言われた。夏になるとたくさんの台風に襲われ、上陸すると甚大な被害を蒙《こうむ》った。最近は、その呼び名が聞かれなくなって久しい。それは、台風が来ても沖縄ばかりに集中せず、進路が本州のほうにそれるからだ。一時、九州に上陸することが多かったが、近頃はさらに東寄りに進むことが多い。いずれにしろ、豪雨や強風の規模は年々大きくなり、それにつれて被害も大きくなった。

最近では沖縄に強い台風が来ても、被害は少なくなった。茅葺《かやぶ》きや木造の家屋が壊れると、ほとんどの家が以前より堅固な土台の上に、鉄筋コンクリートの頑丈な家屋へと建て替えるからだ。

その点、本州には、強力な台風に襲われたら、持ちこたえられない家屋がかなり多く存在する。良信が帰国して数年経つが、沖縄の台風の被害は少なく、本州のほうが被害は甚大である。沖縄と違って本州の場合、しばしば水害が加わる。台風は大雨を伴うので、降水量も半端ではない。本州には大小河川が多く、集中豪雨になればたちまちのうちに水嵩は増し、洪水を引き起こす。

テレビでの報道を見ていると、台風が通り過ぎた各地で浸水の被害が起こり、惨状を呈しているのが分かる。電気、水道、ガスの供給が遮断され、人びとは避難所で生活を送る。良信にはそういう経験はないが、テレビの画面からでも、いかに大変かが伝わってくる。

多くの台風はフィリピン近くで発生し、それが沖縄に来て、その後は日本の本州へと向かう。沖縄に台風が来た後、良信はいつも沖縄にいる弟妹に電話をかける。家族の安否を気遣ってのことだが、沖縄の方言では、そういう行為を人と人とを結ぶ「カナミ」と呼ぶ。漢字を当てると「要《かなめ》」である。人体にとって肝臓も腎臓も欠かすことのできない大切なものであり、相手の安否を気遣っての電話は、人と人を結ぶ肝心要の行為なのであろう。

台風が沖縄を過ぎ、本州に方向を変えると、今度は沖縄の弟妹が良信に見舞いの電話をかけてくる。彼らは皆、良信のマンションを訪問しているので、そこが高台に建っているのを知っている。建物自体も頑丈な造りなので、心配をして電話してくるのではない。安否の確認を兼ね、久しぶりに言葉を交わすのが目的だ。

ところが数年前、いつもより強い台風が来た。降水量もすごく多くて、テレビのニュースも、被害の甚大さを伝えた。台風一過、弟妹はやはり良信に見舞いの電話をくれた。良信は、「電気も水道もすべてオーケーだから、安心してくれ」と伝え、彼らも安堵した。

ところが喜びも束の間、電気はついているが、断水が始まった。熱海の水道水は隣町の函南《かんなみ》から引かれているが、大雨によって老朽化していた水道管が破損したのだ。復旧には十日から二週間ほどはかかるという。

その後、新たな情報によって、詳細が明らかとなった。それによると、断水は熱海全域に及んでいるのではないという。目抜き道路を境にして、上の地域が断水となり、下の地域は今まで通り給水があると分かった。そこの配水管は他の場所と結ばれていて、破損はしていないからだ。

函南と結ばれている配水管が破損した後、一時的だが給水されていたのは、熱海の貯水池に幾分水が残っていたためだった。沖縄の弟妹から見舞いの電話があった時、電気も水も問題ないと返答したのは、嘘をついて彼らを安心させようとしたのではなく、本当に給水されていたからである。

良信が熱海に来て、初めて台風による深刻な断水問題が起こった。破損した配水管の復旧には相当日数がかかりそうだが、どう対応すればいいか。

大分前のことだが、台風である地方の配水管が破損し、断水で住民が大変困っていることがテレビで報道された時、浴室でもそのことが話題になった。温泉に浸かりながら、このマンションが断水になったら、どこへ行って水がもらえるかが問題になった。

皆は真面目な顔になり、生粋の熱海人である土井の発言に耳を傾けた。断水の間は、近くの公民館へ行くと、給水車から水がもらえるということだった。良信のマンションからそこまでは五百メートルくらいあり、容器を持っていけば水がもらえるという。

その時は非常時の予備知識としての話題だったが、今度は現実に断水が起こったのである。住人としては真剣に取り組まねばならなかった。

マンションの居住者たちは、断水が起きてから右往左往したのではなく、その前からある程度だが少しずつ対策はしてはいた。マンションの定例総会は年に三回あるが、役員はそれ以外に時間を都合して会議室に集い、諸々のことを話し合った。

第一回の総会は五月の終わりにあったが、それからしばらく経って役員が集まり、給水問題で話し合いがあった。

その時は、管理人の佐藤も話し合いに加わった。佐藤の勤務時間は五時までだが、それが過ぎてからの参加であるから、役員たちは佐藤に感謝の言葉を述べた。

話し合いは、前年に台風の被害が各地で起こり、断水問題で人びとは苦しんだが、そういう問題が起こったらこのマンションはどう対応するかが議題となった。

それに対して、管理人の佐藤から、

「うちには、貯水用のポリのタンクがあります。断水の時、少しの間は時間給水ができます。見に行きますか」

という発言があり、皆でタンクを見に行くことになった。

理事たちは佐藤の案内で、初めて貯水タンクを確認した。そこには三つのタンクが置かれていたが、三つとも連結されていた。上のほうの一か所から水を入れ、下のほうの一か所から水が出る。マンションの各部屋には、そこから配水するので、蛇口を捻《ひね》れば通常どおり、水が出てくるという。

「三つのポリに全部で何トンの水が入るか分かりませんが、貯水室の奥行きは三・五メートル、高さは二メートルで、備蓄量はかなりあります」

佐藤が説明した。

「けっこう溜まるのですね」

川上理事長がいささか驚いた様子で言うと、反町も「そうですね」と同感の意を表わした。

「大きいマンションでも、緊急用としてはこれくらいのタンクしか持っていません。百所帯とかのマンションです。うちのマンションは十四所帯での使用ですから、一人当たりの使用量は大きいです」

佐藤はそう答えた。初めて備蓄用のタンクを目にした役員たちは驚きの目を向けていたが、これまでその存在すら知らなかったことを恥じていた。しかし、その存在には肯定的な評価を与えず、むしろ無用の長物で、日々の生活と直結しているとは誰も思わなかった。

それからしばらく経って、思わぬことが起こった。これまで経験したことのない長期の断水である。そこで初めて、先日見た備蓄室の貯水タンクのことが想起されたのである。

夕刻、川上理事長が勤めから帰り、反町と良信に声がかかり、会議室で話し合いをすることになった。時刻は六時を過ぎているが、佐藤夫妻の部屋は管理室と連結しているため、勤務時間外の佐藤も呼び出された。

話し合いは、備蓄用の水をどう使うかである。まず、佐藤がするべきことは、当マンションを生活の場にしている人と、そうでない人つまりリゾートとして使用している人に分け、後者にメールを送って断水していることを伝え、それが解除されるまでは当マンションに来ないでほしいとお願いする通知を出すことだった。

　土井は地元の人であるので、断水中は一家全員で父親の家に行くことになった。美術館の創始者の孫は若い細君が妊娠して実家に帰っており、夫もそのあとを追って不在になるという。

　そうすると、水を使用するのは理事長夫妻、反町夫妻、管理人の佐藤夫妻、それに良信と四家族である。管理人の佐藤は、一日一回一時間の給水で、五日から七日間は使用できると見込んだ。そして、給水時間は朝の七時から八時がよいと言った。

　その一時間のうちに、各自が用意した容器に水を入れる。そうすれば、桃山町の公民館の前にバケツを持っていき、市の給水車から水をもらう必要がなくなると佐藤は言った。

　問題はその後で、十日から二週間も断水が続くと、備蓄用ポリに入れた水はなくなってしまう。佐藤によると、そうなったら市の水道部に頼めば、市は給水車を手配して水を供給してくれるという。ただし、ポリを満杯にするのに三、四万円かかる。

　佐藤の話をもとに、皆は検討を始めた。洗濯する時間を確保するには、もう一時間ほど給水時間を延ばしたらどうかという提案が佐藤からあり、皆は同意した。さらに、朝の給水時間の他に、もう一時間の給水は夜の七時から八時にしてはどうかという佐藤の提案にも皆は同意した。

給水車の要請は、備蓄用の水がどう減少しているかを見て、決めることにした。断水がいつまで続くかによって変わるからである。

断水が終わり、元どおりの給水がスタートしたら、備蓄用の水の使用は終了するが、一つだけ問題は残る。それは、市が手配してくれた給水に対し、費用を誰が支払うかである。

一つの考えは、水を使用した居住者が支払うということである。管理人佐藤は、熱海は断水しているから、復旧するまで当マンションに来ないでほしいと、東京に居住している人に通知を出していた。そういう人は水を使ってないから、当マンションに居残って水を使用した人が支払うべきだという考えである。

もう一つの考えは、マンションには積立金があるから、それを使うということである。しかし、それには問題がある。マンション全体が困っている時には積立金を使ってもいいが、備蓄用の水、そして市の給水車からの水の恩恵を受けたのは、マンションに居残った人であり、東京などにいて、当マンションに来なかった人は、何の恩恵も受けていない。だから、積立金を使うとなると、不公平なことになる。

そこで、当マンションに来なかった人に、管理人の佐藤が通知を出し、積立金を使用してもよいか伺いを立てること、一人でも反対者がいたら使用せず、水の恩恵を受けた人が支払いをする。その際、佐藤夫妻は除外し、残りの人で等分して払うことになった。

備蓄水がなくなったら市の給水車に来てもらうことに決まったが、そこで問題になるのは、どういうふうに給水車のタンクから備蓄用のポリに水を入れるかである。それには、佐藤がこう述べた。

マンションの前方と後方には石垣がある。後方の石垣の上には道路があり、給水車はそこに停め、そこからホースで下のほうにある備蓄用のポリに水を入れるという。皆はなるほどと納得し、後はよろしくと佐藤に頼んだ。

まず、備蓄用の水を使い、その後は市の給水車から水をもらい、各部屋への給水は朝一時間、夜一時間となった。良信もそれで普段どおりに炊事や洗濯ができた。

普段、散歩は朝早くにやっていたが、断水の時は朝七時から八時が給水時間だったので、散歩はその後にしていた。時には太陽が真上に上がっている時もあった。

ある日、家を出るのが遅くなって、炎天下に汗をかきながら坂道を上がっていった。遠くのほうでお年寄りの婦人が、両手にポリの容器を持って歩いているのが見えた。

はじめ、その婦人が良信の目に入った時、二人の距離は五十メートルくらい離れていた。それがだんだん近づいてきた。良信は手ぶらで歩き、その女性は両手に重いものを持って歩いていたからである。

二人は肩を並べながら歩き、そのまま追い越すか、手伝おうか、良信は迷っていたが、すぐさま声をかけた。

「お持ちしましょう」

「いえ、すぐそこですから」

「いや、お持ちしましょう」

遠慮した婦人に良信は繰り返し申し出て、右手のポリ容器をまず掴み、歩きながら今度は左手のポリ容器も持った。実際に両手に持ってみると、かなり重い。良信は散歩がてらコンビニに寄り、卵やバナナなど食べ物を何種類か買って歩くことがあるが、それよりもずっと重かった。

「重いですね」と言おうとしたがやめた。こういう水運びをしていないとその婦人に思われてはいけないと思ったからだった。この辺一帯の住民は、公民館に来ている給水車から水をもらって運んでいる。良信のマンションには備蓄用の水があって、水運びの必要はない。しかし、この事実は口にすべきではないし、思われてもいけない。

「すみません。助かります」

その婦人は恐縮しながら歩いているが、それはお世辞を言っているのではない。この坂道の勾配はかなり急で、そこを重いポリ容器を両手に持って歩いてきたのだから、それから解放されて、少しではあるが、ほっとひと息ついて歩いている。

「おたくは、水運びは終わったんですか」

その婦人は良信に聞いた。

「はい、朝行きました。また夕方行きます」

良信は嘘をついた。お互い水運びのつらさを共有しているとその婦人に思わせなければいけないと良信は思った。本当のことを言ったら、その婦人がほっとひと息ついている解放感を台無しにすると思った。

坂道を五十メートルほど行き、左側にある小道に入り、三軒目がその婦人の自宅だった。入り口の前まで行き、ポリ容器を返した。その婦人は心のこもったお礼の言葉を口にし、良信もありがたく頂戴した。

そうこうしているうちに、十日ほどで断水が解除されて、元どおりの生活に戻れることになった。

当初、断水は十日から二週間という予想であったが、早めに解除されたのである。

これまで道路工事などいろいろなことで断水はあったが、それは一日のうちの何時間という短いものであった。十日という長期の断水は良信が熱海に来て初めてであったし、熱海に長く住んでいる人にも初めてということだった。

台風や地震などの天災で断水になった地域の報道を、よく新聞やテレビで目にする。大変な目に遭っているなと同情し、給水車から水をもらっているのを見て心を痛めていたが、このたびは良信自身がその被害に遭ったのである。

しかし、その災難も管理人佐藤の計らいで、時間給水の恩恵を受けながら大過なく終了した。蛇口を捻るとすぐ水が出てくるという当たり前のことに、日頃は何の感慨も覚えないが、長期の断水の後は大きな感動を覚えた。

大いに感動すると、それを誰かに伝えたくなるのが人情だが、良信にはそういう人がいなかった。沖縄にいる弟妹には、台風の見舞いの電話があった時、その時は蛇口を捻れば水が出ていたので、何の被害もないと答えた。今さら、実はその後被害があって、それが無事終了したと伝える必要はないと判断した。

それで、良信は管理人の佐藤に礼を言おうと思い、階下に降りていった。入り口のカウンターに佐藤夫妻と反町夫妻がいて、良信は佐藤夫妻に断水の時の一方ならぬ貢献に対し、感謝の意を述べた。

全体的な謝辞に加え、良信は具体的なことにも言及した。

「管理人の勤務時間は朝の九時から、お昼休みは除くとして、午後の五時までですね。それを断水の間、朝は七時から八時までの給水時間、そして夜は七時から八時の間、これみんな時間外勤務ですね。佐藤夫妻の献身的なお力添えで、私たちは断水の苦しさから免れました。

私、一度散歩で坂道を上がっている時、お年寄りの婦人がポリ容器に水を公民館でもらって運んでいるのを見て、お助けしましたが、大変重かったです」

良信は実体験を話した。

「いざとなったら、うちは主人に水運びをやってもらいますが、いきなり慣れない重労働で腰を痛めたりしないか、そういう心配がありますしね」

反町夫人も良信の話に続いてくれた。

終わった後の断水談義は、言うほうも聞くほうも心楽しく参加し、次々と話に花が咲いた。佐藤夫妻は聞いてばかりであったが、自分たちの努力が報われて嬉しそうであった。

マンションの役員会

二日ほど経って、良信はいつもよりずっと遅く散歩に出た。朝の十一時を過ぎていた。マンションの入り口にはソファーが置いてあり、そこに反町と管理人の佐藤が坐って話をしていた。穏やかな雰囲気ではなく、二人とも深刻そうな顔つきであった。

良信は二人に挨拶をし、二人は小声で応えた。二人から誘いの言葉がないので、良信は出口に向かって歩いていった。何を話しているのか気にはなったが、自分とは関係のない話だろうと思い、散歩をしているうちに、二人のことは頭から消えていた。

熱海には多くのマンションがあり、それぞれ役員が選出され、マンションの維持、運営を担っている。月に一度、熱海のあらゆるマンションの役員が集まり、会議を持つが、これがマンションの役員会で、良信のマンションからは反町と良信が出席している。

熱海のマンションには世帯数が二百、三百という大所帯もあれば、良信のマンションのような小所帯もある。個々のマンションはそれぞれ問題を抱えており、その対策を検討し、マンション全体の向上を目指している。

その次の日はマンションの役員会があるので、良信と反町は連れ立って行くことにしていた。反町は車がないので、良信の車で会議のある場所に向かった。

良信はハンドルを握りながら、反町の話を聞いていた。あれこれと昨今のニュースを話すので、適当に相槌を打った。

反町の話を漫《そぞ》ろに聞きながら、良信は前日に反町と佐藤が何を話していたか気になっていた。だが、良信は反町に聞けなかった。自分とは関わりのないことかもしれないし、反町が口に出さなければ聞くべきでないと思ったからだ。

しばらくしてから、反町は言った。

「理事長のとこの洗濯機、外国製らしいんだ。たくさん洗濯ができるが、扱い方が国産のものに比べ、難しいんだそうだ」

あの時、反町は何も言わなかったが、良信は二人の話はそれだったのではないかと思った。それだけ聞けば良信にとっては十分だったので、

「そうですか」

とだけ言って、その洗濯機と管理人佐藤との関係は何であったかは聞かなかった。佐藤は機械に詳しいので、理事長の洗濯機について反町と佐藤が話したとすると合点がいくので、良信は気持ちがすっきりした。良信は機械が苦手だったので、洗濯機と聞くだけで深入りしたくないという意識があった。

マンションの役員会は、マンションが抱える諸問題について、自分が参加したい分野を決め、違う部屋で討論する。分科会に入る前に全体的な話し合いが行なわれる。

その日、ある役員から出た発言は、その人のマンションでの役員の選出の難しさだった。それが口火になって、いろんなマンションでの苦労話が噴出した。

とにかく、役員の成り手がいないということだった。二百とか三百という世帯数の多いマンションでは、マンションの維持、管理は大変なので、役員に成り手はいない。そこでくじ引きにしたり、月給制にするが、それでも成り手がないので、その額を上げたりする。それでも成り手はいないそうである。

そういう各マンションの役員選出の苦労話が終わり、各人はそれぞれが属する分科会に向かった。反町は管理会社との折衝、良信はマンションの老朽化とその対策で、集まる部屋が異なるので分かれて研究会に臨んだ。

役員会が終わり、反町と良信は良信の車に乗った。帰りの車の中で二人が話題にしたのは、それぞれのマンションの事情である。良信のマンションより規模の大きいものばかりだが、それなりに苦しい運営を担っていた。

「うちのマンションでも役員の成り手はいないので大変ですが、大きいマンションは居住者がうちの十倍ほどもいるのに、みんな尻込みをするんですね」

良信が言うと、反町も、

「そうだね、ああ人数が多いと、誰かがやるだろうと他人任せになっているみたいだね」

と同意した。

「そこにいくと、うちは居住者が少ない上に、半数以上がマンションに定住しないで、普段は東京など別の場所に住み、土日とか休日にリゾートとして利用しているので、役員になれる候補者自体、本当に限られていますね」

良信の言葉に反町も同感し、

「それにしても、うちのマンション、どうにか理事会が続いているのは、不思議な感じがするね」

と返した。

「成り手がいないので、役員は日当いくらと手当てをもらっている。それでも成り手はいない。無制限に日当を吊り上げるわけにもいかないし、頭が痛いですね」

良信が言うと、反町は、

「うちは無給で、どうにか遣り繰りができている。不思議なマンションだね」

と答えた。

「うちの理事長は偉いですね。七年もなさっているそうですね、無報酬で。頭が下がります。私のところに監事をやってくれないかとお見えになった時、はじめは嫌だなと思いました。一応渋りましたよ。それでも、そこを何とかと頭を下げられて、理事長のこれまでこのマンションに尽くされた貢献を考えますと、無下にはお断りできませんから、お引き受けしました」

そう良信が続けると、反町も良信に歩調を合わせた。

「私もそうだった。ああいうふうにうちのマンションに尽くされている方から理事をやってくれと頭を下げられると、少しでもお役に立ちたいという気になるね」

「今日の会合、ひと言で言うと、川上理事長の偉さがつくづく分かったという会でしたね」

良信がしみじみ言うと、反町も頷《うなず》いた。

「そうだね、本当にそうだ」

良信はハンドルを握りながら、気持ちがピッタリ合う反町との会話を楽しんだ。理事長の川上は良信よりも年少である。そうでありながら、マンションに多大なる貢献をしている。そして、反町も良信も、川上の人徳に感服し、役に立ちたいと思っている。それに、良信にとって反町は兄貴分であり、一体感をしっかり感じた。

その日の四時前に、良信は浴室に向かった。エレベーターで地階に降り、フロントに入ろうとすると、自動的にガラス戸が開く。左側に管理人の佐藤が坐っていた。

良信はマンションの役員会のことを佐藤に話そうと思って近づいた。

「今日、反町さんと一緒にマンションの役員会の会合に行ってね、出席者はみんな自分のマンションの現状を報告していた。役員会の遣り繰りが大変らしい。何が大変かというと、役員に成り手がいないそうだ。役員は日当をもらうらしいが、それでも駄目。それで、手当ての額を上げようとしても、ある程度しか上げられないので、みんな四苦八苦している。その点、うちの理事長は偉いね。無報酬で七年もやっているからね。頭が下がるよ」

良信はしゃべりまくった。

それをにこりともしないで黙って聞いていた佐藤は、ひと言、

「そうですか」

と呟《つぶや》いた。いつもなら、良信がしゃべり続けると佐藤は耳を傾け、相槌を打ったりする。し

かし、今はそういう素振りがない。

良信は、浴室はガレージのそばにあるから、地下に行くエレベーターに向かえばいいのだが、立ち止まった。佐藤の表情がいつもとは違うので、その場から立ち去り難く、話題を変えてみた。

プロ野球の話をした。佐藤は出身が広島で地元のチームの熱烈なファンなので、昨夜の試合の話をした。試合は逆転で広島が勝ったので、乗ってくると思い、良信は口にした。いつもの佐藤ならニコニコ顔で話に乗ってくるが、その日の佐藤は口を閉ざし、無表情を続けた。

良信は根負けし、浴室へ向かった。湯舟に浸かりながら、良信はいつものようなリラックスした気分になれなかった。佐藤がこれまで見せたことのない無表情が気になってしょうがなかった。

浴室を出て駐車場を歩き、エレベーターで上に上がった。カウンターを見ると、佐藤の姿はなかった。浴室へ行く前にカウンターで良信と佐藤との間で話が盛り上がった時は、良信が入浴を終えてカウンターまで戻ると、佐藤がまだそこにいて話を続けることがよくあった。

しかし、今は佐藤の姿がない。それが良信にはショックであった。おもしろくない話は真っ平だ。それが佐藤の意思表示であり、良信は寂しい気持ちでエレベーターに乗り、自室に帰った。

良信は温泉から帰ると、台所でよく紅茶を飲む。寛《くつろ》いだ気分であれこれ思いを巡《めぐ》らすが、その日の良信は、佐藤のこれまで見たことのない表情が気になった。

原因は自分にある。佐藤に話した何かが癇《かん》に障り、つむじを曲げたんだろう。良信はそう思ったが、どれがそうなのか見当がつかなかった。

管理人の辞意

それから二日ほど経ち、午後の四時頃、理事長の川上から電話があった。木曜日は休みなので、家にいるのは分かる。自宅に来てくれということだった。

川上の部屋は四階にあるが、良信は初めて招かれた。このマンションの最上階は四階で、そこへ行くにはいつも使っているエレベーターで下に降り、長い廊下を歩き、別のエレベーターに乗る。マンションは小規模だが、少し込み入った造りになっている。

川上の出迎えを受け、応接間へ通された。そこには、すでに反町が来ていた。坐る前に眼下に広がる眺めが良さそうなので、バルコニーに通ずる大きなガラス戸の近くに行ってみた。

良信の部屋は二階で、ここは四階である。わずか二つの階の違いで、目を見張る光景が広がっていた。良信の部屋のバルコニーは居間側と寝室が二つ別個になっているが、ここは一つになっているので、視界が遠くまで広がり、雄大であった。

「すばらしい眺めですね」

良信は声を発したが、それはお世辞ではなく実感であった。このマンションの理事長宅にふさわしい堂々たるたたずまいであった。

先日、マンションの役員会の後、帰りの車の中で、良信と反町は川上理事長の七年間の無償でのマンション貢献について話し合った。確かにそれを成し遂げたのは、川上本人の人間としての逞《たくま》しさもあったが、マンションを守り抜くという頑張りの根底には、川上の部屋から眼下に眺めるすばらしい景観もひと役買っているなと思った。

「お茶を入れましたので、どうぞ」

理事長夫人の呼びかけで、良信はソファーに坐った。良信はお茶を啜《すす》りながら、川上や反町から何か話が出てくるのを待ったが、それもなかなか出てこなかった。

良信がお茶を飲み終え、湯呑みを茶托《ちゃたく》に置き、しばらく経ってから川上が口を開いた。

「実は困ったことが起きましてね。管理人の佐藤さんが辞めると言うんです。それで反町さんに説得をお願いしたんですが、うまくいかなくて。それで奥間さんのお力をお借りできないかと思いまして」

川上のその発言で、これまで良信の頭にあったいくつかの疑問が少し分かり始めた。先日、反町と佐藤がマンションの入り口にあるソファーで話し合っていたが、このことだったのかと思い至った。

　そして、先日、浴室に行く前、佐藤に川上理事長のすばらしさを吹聴したが、佐藤にとっては大いに不愉快なことだったのだ。佐藤は反町から理事長との仲直りを説得されている。そこへ、良信から理事長絶賛の話を耳にしたのだから、たまったものではなかった。

　反町からはストレートな説得だったから、それなりの実直な訴えがあった。それに対して、良信の理事長絶賛は、喧嘩している一方の側のすばらしさを称え、他方の側の脆弱《ぜいじゃく》さを感知させる言説と感じられたのだろう。佐藤はてっきり形を変えた説得と思い、すごく不愉快だったのだと良信は初めて気づいた。

　良信は腕時計を見た。四時四十分である。管理人佐藤の勤務時間は五時までである。

「私、下に降りて行って、佐藤さんと話してみます。佐藤さんご夫妻の都合が良ければ、今日夕食を食べに行きます。食べながらゆっくり話してみます。理事長も立派な方、佐藤さんも管理人としては立派です。立派な者同士はある時はぶつかります。そういう二人の間にはちゃらんぽらんな私が入ったほうがいい」

　そう言いながら、良信は玄関のほうへ歩いて行った。

　あっけに取られながら、川上と反町は良信の後ろに付いて行った。靴を履き、玄関から出て行こうとする良信に、川上は頭を下げた。

「奥間さんは決してちゃらんぽらんな方ではありませんが、佐藤さんとは親しいし、聞く耳を持ってくれると思います。よろしくお願いします」

良信はエレベーターで下に降り、入り口のカウンターに向かった。管理人の佐藤はそこに坐っていた。良信は佐藤に尋ねた。

「今日、奥さんと三人で食事に行きたいんだけど。いかがですか」

「ちょっとお待ち下さい」

佐藤は言い、管理人が坐るカウンターに直結している自分の部屋に入っていった。佐藤本人は良信の申し出に応じてもいいと思っていそうだが、妻の同意を確かめたいのだろう。

「家内も喜んでと言っています。どこに行かれますか、予約を入れましょうか」

そんなわけで、良信と佐藤夫妻は、去年の暮れにマンションの皆と訪れた「熱田」という日本料理の店へ行った。

二階の座敷の間に通された。ビールを注文し、その後で食べ物の注文をした。佐藤夫妻は良信が何のために自分たちを招待したか、見当はついていたが、それを口にしなかった。良信もいきなり本題に入るのもどうかと思い、プロ野球の話から入った。

注文した料理が運ばれてきたので、三人は食べ始めた。プロ野球の話が終わり、台風の被害、そして、断水の話へと入っていった。断水の時、佐藤の計らいでマンションの居住者はどんなに助かったか、良信は今一度佐藤にお礼の言葉を述べた。

食事が終わったので、ビールの追加注文をした。良信はお酒をあまり嗜《たしな》まないが、佐藤はビールをよく飲む。夫人はお酒を飲まない。それで、ビールの追加と酒の肴《さかな》、夫人には追加の料理を注文させた。

良信が川上理事長から聞いたのは、佐藤が辞めるということだけであり、その理由は聞いていない。良信は時計を見て五時前なので、早く下に降りて佐藤と夕食のことを話したいと思っていた。それで、早々と理事長宅を立ち去ったのである。

「理事長から、あなたが辞めると聞いて、これは一大事と思って、こうしてあなた方お二人と話したいと思ってね」

佐藤夫妻もそのために二人が招かれているのは知っていたので、良信の言うことを頷いて聞いていた。

「あなたはこのマンションにとって、とても大切な人だ。誰よりも大切な人だ。理事長なんて、代わる人はいくらでもいるが、あなたほどの人には代わりがいない。それで辞めてもらいたくないのです。どうして辞めるの？」

佐藤は良信の話をじっと聞き、すぐには口を開かなかった。妻の初江もじっと黙っている。

しばらくして佐藤は、訥々《とつとつ》と話し始めた。

「断水の時、理事長と衝突がありましてね」

それだけを言うと、佐藤は話を止め、俯《うつむ》いた。ビールを飲み、コップをテーブルの上に置いたので、良信は佐藤が話を続けるのを待った。良信は原因が何であるのか分かったので、暗闇の中に明かりが灯《とも》ったのを感じたが、仄《ほの》かな光なので、次第にそれが輝いてくるのを待った。

佐藤の沈黙が続くので、良信は佐藤の話に沿ったことを口にした。

「断水の時、私や反町さんはあなた方がやっている断水計画に従って、そのとおり水を使い、うまくいったよ。朝の給水で水を貯め、夜の給水で軽い洗濯をし、とてもよかった。あなたにすごく感謝しているよ」

良信の言葉をじっと聞きながら、今度は佐藤が話し始めた。

「それが、理事長とはうまくいかなかったのです。夜の給水は七時から八時まで一時間でしたね。理事長は、一時間では洗濯ができてないから、あと一時間延長してくれというのです」

「あなたは延長してあげたの?」

「はい、延長しました。そして、一時間経って水を止めました」

「それで、どうなったの?」

「それですべてが終わったと思いました。そうしたら理事長から電話が来て、今度は無制限に水を出すよう頼まれました。洗濯が終わったら電話をするから、その時、水を止めてくれと言うのです」

「あなたはどうしたの？」

「それはできないと断りました」

「そうしたら、どうなったの？」

「理事長は怒りました。うちの洗濯機は外国製で、扱い方が難しいいんだ。うちだけが水を使っても、他のところは水をあまり使わないから、そんなに水は減らないと言うんです」

「それに対し、あなたはどう言ったの？」

「私は断りました。断水の時の水は貴重だから、みんなで大切に使わないといけない。規律を守ってもらわないといけないと言いました」

「それで、どうなったの？」

「理事長はすごく怒りました。私は言いなりになるつもりはなかったので、どんな罵声《ばせい》だったか覚えていません。たぶんありったけの文句を並べ立てたと思います」

そこまで話し、佐藤は話を中断した。理事長との諍《いさか》いの大筋は話したので、佐藤は肩の荷を下ろしたような様子だった。ビールを飲み、喉《のど》の渇きを潤《うるお》した。

佐藤はビールを飲んでから黙っていた。良信はビールを飲みながら、佐藤と理事長との口論の様子を思い浮かべた。腑《ふ》に落ちないのは、理事長がどうして長時間、洗濯機を動かし続けたか、そのわけである。

良信は、給水は一時間だから、小まめに洗濯をした。一日に少しずつである。理事長が長い時間を必要としたのは、一度に大量の洗濯をしたからではないか。小まめに毎日やるより、一日で多くの洗い物を終えようとしたのではないか。

良信はそう類推したので、佐藤に話してみた。佐藤もそうだろうと言った。毎日、小まめに洗濯するより、溜まった洗い物を一度に洗濯するほうが効率的だが、それは給水が充分にある時にやるべきだ。

「それであなたは二日ほど経って理事長に辞めると言ったら、理事長は何と言ったの？」

「辞めないでほしいと言いました」

「それに対し、あなたは何と言ったの？」

「家内とじっくり話し、そう決めましたと言いました」

「どうして辞めるのかと、理事長はあなたに聞かなかったの？」

「聞きませんでした。私も辞める理由は言わなかったし、向こうも聞きませんでした。言わなくても、お互い分かっているんです。私はよろしくお願いしますと言い、頭を下げました。理事長とはカウンターのところで話しました。理事長はしばらく考えてから、そこを立ち去りました」

理事長は佐藤から辞めたいという報告を受け、反町に説得を頼んだわけで、反町がその説得をやっているのを良信は入り口のソファーで二人が話しているのを見て知っている。

「反町さんは、あなたをどういうふうに説得したの？」

「反町さんはこう言いました。長い間会社に勤め、上司と部下の対立をたくさん見てきている。上司への不満を部下はいつも持っていて、たまには堪《こら》えきれなくなる時もあるが、そのつらさを辛抱すると、時間が経つにつれて少しずつ薄れていく。だから、今は苦しいだろうが、じっと我慢し、辞めないでほしい、と。おっしゃっていることはよく分かるのですが、もう決心をしましたから」

「反町さんの他にも、マンションの誰か、あなたに説得をした人はいないの？」

「土井さんもなさいました。つらいだろうけど、そこをどうにか堪えてほしいということでした」

佐藤から、土井までもが説得を試みたということを聞き、良信は驚いた。反町は川上理事長が一番信頼を寄せている人なので、いの一番に説得を依頼するのは当然としても、その次の説得役は土井であった。土井はマンションの居住者としては理事長よりも古株なので、マンション役員の自分よりも土井を先に選んだのは意外ではあるが、頷けるものでもあった。

一か月前、良信が浴室からの帰り、カウンターに来たら佐藤夫妻がいた。立ち止まって話をしていたら、何かの話の折りに夫人が感慨を込めて言っていた。

「私、このマンションは古いけど、熱海で一番のマンションと思いますよ。ここで働けてとても嬉しく思っています」

良信はそのことを思い出し、佐藤夫妻の感情に訴えるように話してみた。

「一か月前、カウンターで立ち話をしていたら、奥さんがここで働いているのがとても嬉しいとおっしゃっていましたね。今は理事長との諍いでその思いはなくなっているかもしれませんが、またそう思うようになってくれるとありがたいのですが」

「あの気持ちが急にひっくり返って、自分でも不思議ですが、主人と二人でじっくり考えた結論なので、仕方がありません」

夫人はあっさりと言い切った。

良信は、料理を食べながら話していけば、ひょっとしたら佐藤夫妻の気持ちが変わるかもしれないという期待感があった。しかし、話し合っているうちに、佐藤夫妻の気持ちは固いことを知り、今日の説得は無理と考えた。

「今は辞めるという方向に進んでいるようですが、はっきり辞めると確定するのはどういう時なの?」

良信は佐藤に聞いてみた。理事長は今は配下の者を使って、佐藤の説得に当たらせているが、マンション管理会社の担当係である村田には、佐藤から辞職願が出ていることを伝えていないと良信は思った。

「管理会社が私の後任を決め、業務の引き継ぎに来ます。その時が正式に私が辞める時だと思います」

佐藤は言った。良信は佐藤のその言葉を聞き、手応えを感じた。この日、説得はできなかったが、辞任が確定するまで説得の余地はあると思い、今日はそれを摑んだだけで佐藤夫妻との会食の意義はあったと感じた。

タクシーを呼び、三人は帰宅の途についた。マンションに入り、別れしなに良信は、

「まだ、諦《あきら》めてはいないからね」

と二人に言ったら、それに対する返事はなく、

「今日はご馳走さまでした」

と明るい笑顔を良信に向けた。

良信はエレベーターで上の階へ行き、自宅に入った。キッチンに入って受話器を取り、電話をかけた。理事長宅である。夜の九時を過ぎているが、佐藤夫妻との会食がどうであったか、気になっていると思ったからである。

「いろいろ話し合いましたが、辞職の気持ちを変えることはできませんでした。それで、いつ本当に辞めることが確定するのか聞いてみたら、管理会社が後任を決め、こちらに事務の引き継ぎに来た時です、と言っていました。ですから、今日は不調に終わりましたが、今後も彼への説得を重ね、管理会社が後任を決めるのを遅らせたほうがいいです」

良信が告げると理事長は、

「分かりました。ご苦労様でした。その線で佐藤さんを慰留させるように努力してみましょう」

と言い、川上は良信の労をねぎらった。

良信は川上との電話が終わると、すぐさま反町に電話をかけ、同じことを告げた。良信の報告を聞き、納得の様子であった。

むしろ、反町はほっとしたようだった。良信が交渉に成功したなら、大手柄になる。自分がいくら説得してもうまくいかなかったものを他の人が成功したとなると、手放しでは喜べないのが人情である。

そういう反町の心中を察し、良信は言った。

「佐藤さんの辞めるという気持ちは固いようですね。まだ時間はありますから、知恵を絞りましょう」

「そうだね」

反町は気持ちよく頷いた。

その後、理事長や反町から良信に対し、連絡はなかった。二人から呼びかけがあったら出向く気持ちはあったが、それがないので、良信は他のマンションの同居人との交わりを通じ、交流を深めた。

良信は浴室で誰かと一緒になると、佐藤が辞めることを話した。湯舟に浸かりながら、良信が一番初めに話した相手は土井である。土井は佐藤が辞めることを知っており、しかも佐藤を慰留したこともある。良信は自分もやったことを告げると、

「私も説得に努めましたが、駄目でした」

と土井は乗ってきた。

「私は理事長から、どうも佐藤さんは私と意見が合わないようだと言われ、上司と意見が合わなくても我慢して頑張らないといけないと忍耐を勧めましたが、佐藤さんが辞めたい原因は他に何かあったのですか？」

土井は良信に聞いてきた。土井のその質問で、良信は理事長の腹の中が見えたように思った。

理事長は自分のやったことを隠そうとしている。上司と部下の意見の食い違いで部下が辞めようとしているのに、理事長は本当の理由を言わずに土井に説得を依頼したのだ。

そのため土井の核心を外れた説得に対して、佐藤が乗ってこなかったのは当たり前で、むだ骨を折ったのである。そういうことが、理事長には分からなかったのだろうか。どうも不可解だが、ひょっとしたら理事長としては、たとえ交渉がうまくいかなかったとしても、自分がやった失敗を土井には知られたくないという気持ちがあったのかもしれない。

そこで良信は土井に、佐藤が職を辞する決心をした本当の理由を話した。

「へえ、そんなことがあったんですか。それで分かりました。佐藤さんが怒って辞めようと決心したのが。理事長は自分のやった失敗をなるべく人には知られたくなかったんでしょうね」

土井は良信の話にびっくりしたが、事の真相を知り、納得したようであった。

「一流の会社で立派な仕事をした方だし、このマンションでも理事長として長年献身的に尽くされたので、恰好の悪いミステークはできるだけ隠したかったのだと思うよ」

良信はそう言った。

「そうですね。自分のミステークは隠しながら、できたら佐藤さんが辞職するのを食い止めたいと思ったんですね」

土井は頷いた。

「確かに川上さんはお仕事そしてマンションの理事長としてもすばらしい実績を上げましたが、自分のミステークに対しては、『悪かった』と頭を下げるほうがもっと男を上げると思うがね。

隠し続けると、かえって彼の価値を下げるんじゃないかな」

良信が続ける。

「優等生としてこれまで生きてこられたからこそ、ミスに対してとても神経質になっているんですね。隠していることが発覚すれば、ミスは余計大きくなるのに」

土井は良信の考えに同意した。

「それでね、佐藤さんを引き留めるには、理事長が佐藤さんにお詫びしないといけないと思います」

さらに良信が言うと、

「そうですね、そういう方向に行くと、佐藤さんの気持ちが揺らぎ、うまくいきそうですね」

と二人の考えが一致して、二人は湯舟の温もりを心地良く感じた。

次に良信が浴室で会ったのは小平である。本宅は東京だが、熱海のマンションをできるだけ利用していて、たまに熱海に来るのではなく、週の多くを熱海で過ごす。

東京の勤め先への往き帰りは、新幹線を利用している。小さい愛犬を飼っていて、犬を連れてよく朝の散歩に行く。その後で新幹線に乗るので、朝の散歩は早めにする。

良信が早めの散歩をする時、小平と会うことがある。小平はいつも急いでいるので、良信は擦《す》れ違う際に短い挨拶を交わすようにしている。

「この後、お仕事？」

「はい」

「頑張ってね」

朝の短いやり取りだが、良信は小平との挨拶に清々しいものを感じていた。

朝の散歩の時、たまに小犬を連れている管理人の佐藤の妻君に会うことがある。これは小平の家の小犬なのだ。小平が連日東京に滞在する時は、犬は熱海に置いておかねばならず、佐藤夫人が代わって小犬を散歩させていた。

「いいね、すごく似合ってる」

良信が言うと、

「小平さんから頼まれて。私、犬が好きだからやっているの」

と佐藤夫人は答える。佐藤の妻君と小犬の組み合わせは、爽《さわ》やかな朝の雰囲気にさらに似合っていると感じた。

小平は犬の散歩で佐藤夫人の世話になっているので、良信は小平と佐藤の結び付きは強いものだと思っていた。それで、湯舟に浸かりながら、良信は小平に聞いてみた。

「佐藤さんのこと、何か知ってる？」

「いえ、何も」

本当に小平は何も知らないみたいである。それで良信は小平に佐藤が辞めると言っていると伝えた。

「どうして辞めるんですか？」

小平は良信に聞いた。

良信の脳裏に一瞬断水事件のことが過《よぎ》ったが、言うのをやめた。小平はたまに朝の小犬の散歩で佐藤夫人に世話になっているといっても、川上を尊敬しているので、川上の乱行を口走ると、理事長がそんなことをするはずはないと、川上弁護のほうに気持ちが動くかもしれないのである。

そこで良信は言った。

「理事長と佐藤さんの間で、意見の食い違いがあり、それが原因みたいだ」

そのように、ただ佐藤が管理人の仕事を辞めようとしていることだけを伝えた。

東京で清掃会社を運営している杉浦は、一か月に一遍くらい熱海に来る。地下の駐車場から浴室に入る途中に、彼の駐車するスペースがあり、大きなジープが駐車してあると、彼が来ていることが分かる。

ある時、良信がいつものように四時に温泉に入って体を洗い、湯舟に浸かっていると、杉浦が入ってきた。

「ジープが駐まっているので、来ていると思ったよ」

「断水で大変でしたね」

杉浦のひと言で、東京在住の人たちは断水の時、熱海に来ることを足留めされていたのを思い出した。今は解除されて、マンションに保養に来られるようになっていた。

杉浦が体を洗って湯舟に入ってきたので、しばらくして良信は佐藤のことを話し始めた。佐藤と杉浦は四十過ぎの年代で、良信は二人の仲が良いことを知っている。夫人同士も仲良しである。

「佐藤さんが辞めると言ってる」

良信は話し始めた。

「えっ、どうして？　何かあったの？」

「断水の時、トラブルがあったんだ」

「どういうトラブル？」

良信は知っている一部始終を話した。小平には用心して、辞めることだけを伝えたが、杉浦にはそういう用心の必要がないと思ったからだ。

良信の話をじっと聞いてから、杉浦が発した第一声は、

「またですか？」

であった。

「えっ、以前にもそんなことがあったの？」

今度は良信がびっくりして、杉浦が知っている過去の話を聞くことになった。

佐藤は川上理事長からパワハラのような扱いを受け、たまらなくなって夫婦で相談し、辞めたいという相談を杉浦夫婦に話したという。佐藤夫人は、「私、主人が職を捜すまで、コンビニで働こうと思う」と苦しい胸のうちを語ったそうである。

「どういうことがあったの？」

良信は杉浦に聞いた。

パワハラにはいろいろな種類があり、理事長がどういう行為で佐藤に苦しみを与えたか、良信は知りたかった。

「佐藤さんは、マンションの仕事をしっかりやり、一生懸命です。そういう自分に自信もある。そこへ理事長ががみがみ言って、上から押さえつけると、苦しいですよね。それが積み重なると、爆発します」

そこまで話してから、杉浦がひと息入れたので、良信は聞いた。

「今度のような、大きな衝突はなかったの？」

「大きいのはなかったですね。日頃の不満が溜まり、夫婦でうちに来て鬱憤《うっぷん》を語った時、家内と二人で慰めました。帰る際には二人の気持ちは大分落ち着いたようなので、私がここに来ている時は、いつでも話をしに来てねと伝えました」

「それで、その時は辞めるということを佐藤さんは理事長には言わなかったんだね」

「言いませんでした。次に私たちがここに来た時は、二人の気持ちは収まり、平静に戻っていました」

良信は杉浦と話し、以前にも佐藤と理事長の間にはトラブルがあり、佐藤夫婦と杉浦夫婦とは同年代で、気持ちが通じ合っているのを知った。

続けて、杉浦はこういうことも話した。

「私、佐藤さんが断水のことを携帯で知らせてきたので、給水の時にはうちの湯舟にも水を入れ、温泉に入った後の塩気を流したらいいよと言ってあげました」

それを聞いて良信は頭を下げた。

「いやあ、あなた方二人は同年代で仲が良いのは知っていたが、そこまでとは知らなかった。今度の件は以前と違って、理事長とは強いぶつかり方をしているから、簡単ではないけど、佐藤さん夫婦と話し合って、いい方向に行くようにしてよ。僕からもお願いするよ」

良信は杉浦と話し、大きな助っ人を得たと思った。杉浦の説得が功を奏するかどうか分からないが、杉浦が佐藤に対するナンバーワンの説得人であると思った。

杉浦は日曜日、帰る前に良信のもとに立ち寄った。来客用のブザーが鳴ったので、良信が出てみると、杉浦だった。浮かぬ顔をしている。突っ立ったままでいるので、良信が声をかけた。

「どうだった？」

「駄目でした。いろいろ説得してみましたが、うまくいきませんでした。前の時は、日頃の理事長の高圧的な態度への怒りが積もりに積もって辞めようとしていたので、こっちがいろいろ宥《なだ》めてみると気持ちが和《やわ》らぎました。でも今度は、日頃の鬱憤が積み重なったところへ、大きな事変が起こったのです。佐藤さんの辞めるという決心は固いようです」

杉浦の理路整然とした話に良信はしっかり耳を傾けた。佐藤の今の気持ちがどんなものか分かった。

「ありがとう。親身に佐藤さんを説得してくれて。佐藤さんの決心は変わらなかったが、あなたからの説得は、これまでのいろんな人の説得と比べ、一番佐藤さんの胸を打ったと思うよ。それでも、私はまだ諦めていないからね。じゃあ、これからどうするか。あなたの話をもとに考えてみるね」

杉浦と初めて会った時から、良信は深い感銘を受けていた。堂々とした体格なので、ものに動じない風貌の持ち主であるが、それでいて心を開き、人に接している。そういう杉浦ですら説得できなかった佐藤を、どういうふうにこのマンションに引き留めるか、良信は心を痛めた。

衝突と交渉

その後、理事長や反町からは何も言ってこなかった。悶々《もんもん》とした日を送っていると、管理人の佐藤がマンション内の通話器を使って、連絡をしてきた。

「そちらに反町さんが向かっています」

良信は玄関から出て、外で待った。反町は手に何かが書かれた紙を持っている。

「あなた、小平さんと杉浦さんに、佐藤さんのことを話したようだね。それはまずいんだ。佐藤さんが辞めるということが固まったら、どうして辞めるかは伏せて、見送ろうと思ってね」

反町は持っていた紙をちらっと良信に見せた。

良信にはそれを読もうという気がなかった。何が原因で辞めるかは抜きにして、送別会で見送ろうという内容だろうと思ったからだった。

「みんなに伝え、みんなの気持ちを知りたかったのです。このマンションで佐藤さんと一番親しく付き合っているのは杉浦さんです。何年か前も、理事長のパワハラが苦しくて、辞めようとしていたみたいです」

良信が言うと、反町は、

「そんなことは知らん」

と答えて聞こうとする耳を持たなかった。

「みんなの話を聞いて、それをもとに、どう引き留めるか考えようと思ったんです」

良信が続けると反町は、

「そういう考えがあったのなら、僕に言ってくれればよかったのに」

と不満そうに良信を窘《たしな》めた。

良信と反町は、お互いに相手のやり方が気に入らなかった。反町はいろいろ説得してもうまくいかないので、それならば辞める理由を伏せて佐藤を見送ろうとしていた。良信は、これまでに多くの人が説得してもうまくいかなかったが、それでも諦めないでどうにかして佐藤を思い止《とど》まらせようとしていた。

二人の違いがはっきり分かった良信は、反町を大声で怒鳴りつけた。

「あんたのやり方では、佐藤さんは救えない」

反町は度肝を抜かれた。自分より年下で、日頃は敬意をもって丁寧な言葉遣いの良信が、ひどい言葉を大声で浴びせてきたのである。

「あんたとは話ができん」

そう吐き捨てると、反町はエレベーターに向かって歩き出した。怒鳴ったことへの反省は良信にはなかった。むしろ、自分は正義を貫いているという自負があった。それで、背を向けて退いていく反町に大声で怒鳴った。

「今は佐藤さんを切り捨て、理事長を立てるべきではない」

それに対し、反町も黙っていなかった。後ろを振り返り、

「こんな場所で、大声を張り上げ、人を罵倒するべきでない」

と、自分も負けじと大声で良信の良識を欠く言動を批判した。

反町がエレベーターに乗り、去ってから、良信はしばらくの間、玄関の戸を開け、中に入ろうとしなかった。今しがた展開された反町との激しい口論で、良信の興奮はいやが上にも高まっていたので、無意識のうちに頭を少し冷やしてから中に入ろうとしていた。

反町の態度は意外だった。そういう動きをしているとは思わなかった。理事長と示し合わせてやっているのではなく、独断でやっていると思った。佐藤は辞めていくが、どうしてそうするかの原因は伏せておいて、良い転職先があるので辞職するような形にしようとしている。

反町との衝突で明らかになったのは、反町は理事長川上のために行動し、良信は佐藤に与《くみ》していることである。怒鳴り合いの応酬でお互いの旗印は鮮明になった。

午後四時が温泉の開始時間であり、良信はエレベーターで下に降りていった。ガラス戸が自動で開き、受付のフロアに出た。カウンターの前で理事長夫人と佐藤夫妻が何やら話している。

理事長はいかめしい顔の持ち主で、言葉にも堅さがあるが、夫人はやさしい品の良い顔立ちをしていて、もの言いも淑《しと》やかである。

「ご主人が帰ってきたら、電話するように言っておいて」

良信は夫人に命令口調で言った。いつもの穏やかなもの言いをする良信の姿はなく、いきり立った暴漢の発言であった。

「主人は今、出張しています。帰ってきたら伝えます」

これまでにない良信の荒々しい態度に、夫人は当惑しながら、きちんと返事をした。

良信の変貌は、反町との言い争いに端を発していた。良信の頭の中には、敵味方の感情が渦巻いていた。理事長は敵の大将であり、手強い相手である。それに立ち向かうには、ひ弱な自分では歯が立たないと思った。

その後で良信は浴室に向かった。湯舟に浸かりながら、自分と理事長夫人との遣り取りを佐藤夫妻は見ていたが、どう思ったか気になった。それで早めに浴室を出て、入り口のフロアに来てみた。

そこには、佐藤夫妻が残っていたのだ。良信がエレベーターを出て、フロアを歩いてくるのを見て、佐藤が深々と良信にお辞儀をした。

「お心遣い、ありがとうございました」

良信は二人に手を挙げ、軽く手を振り、ガラス戸を開けてくれてあるので、エレベーターに向かった。

佐藤夫妻の深いお辞儀を見て、良信はこの二人には自分の気持ちが通じていると思った。自分が二人に味方をしていると感じたから、ああいうお辞儀をしてくれたのだろう。

そして、理事長からの電話を良信は待った。二日経った土曜日の夜、理事長から電話があった。今出張から帰ったところで疲れているから、明日の朝下の会議室で会いたいという要望があり、良信は了承した。

理事長は妻から良信にきつい言葉で用件を言われたことを耳にしていたので、会議室で挨拶を交わす時、表情はいつもより強張っていた。

「どういうご用件でしょう?」

そう切り出した理事長に、良信は答えた。

「今度の佐藤さんが辞めることに対して、いろんな人が辞めないでほしいと説得をしています。それがうまくいかないので、反町さんは説得を諦め、辞めてもらう方向に動いています。私はまだまだ説得の余地はあるとみて、反町さんに食ってかかり、怒鳴ってしまいました。理事長の奥様にもきつい言葉を差し上げたと思います」

そこまで言って、理事長は発言しないので、良信は話し続けた。

「今度の事件だけで佐藤さんが辞める決心をしたのではなく、これまでもいろいろ苦しい思いをしたそうです。理事長はこのマンションの最高責任者だから、気を張ってマンションの運営に当たられています。そのためには管理人の佐藤さんにしっかり働いてもらう必要があります。佐藤さんは佐藤さんで、立派に管理人として職責を全うしています。みんなからの信頼はとても厚いです。誰からも良い管理人と言われています。

理事長は理事長として立派です。今度熱海のマンションの役員会に出席して分かったことは、他のマンションでは役員の成り手がいない中、無報酬で七年も務めている理事長の立派さです。そんな理事長との関係性で、佐藤さんはずっと苦しい思いを続けました。何年か前、佐藤さんは辞めようと苦しんだことがあると、佐藤さんと仲の良いマンションの居住者から聞きました。ひと言で言うとパワハラがあったようです。そこへ今度、ひどいぶつかり合いが起こり、佐藤さんは辞める決心をしました」

良信は長口上を終え、ひと息入れた。

理事長は良信の言葉をじっと聞いていたが、パワハラという言葉に対して神経を尖らせた。

「私は佐藤さんにパワハラをしたとは思いません。佐藤さんはカウンターにいるでしょうから、呼びましょうか」

理事長はそう言って部屋を出ると、マットを持って廊下を掃除している佐藤を見つけ、同席させた。

「佐藤さん、私はあなたにパワハラをしているかね」

理事長は佐藤に質問を向けた。

「やっています」

佐藤はすぐさま答えた。

「たとえば、どういうこと？」

理事長が聞いたので、佐藤は答えようとした。良信は、

「それは言ってては駄目だ。裁判になったら、そのことで理事長側はあなたの言い分に反駁《はんばく》する」

と佐藤が言うのを制した。

「それもそうですね」

良信の発言に理事長も頷き、佐藤からパワハラの具体例を引き出そうとしなかった。

「反町さんは、佐藤さんが辞めるという方向で送別会を持とうとしています。私は送別会には反対で、とにかくマンションの皆様に食事会を催すことを伝えたいのです。みんなで佐藤さんに感謝の気持ちを述べ、慰留してもらいたいと伝えます。理事長は理事長で今度の件に関し、

どう思っているか考えを述べてほしいのです。どういうことをおっしゃるかはご自分でお決めになられたらいいです。みんなからの辞めないでほしいという言葉には佐藤さんの気持ちは動きませんが、理事長の発言には佐藤さんはしっかり耳を傾けると思います。どうでしょう、去年の暮れにみんなで行った『熱田』で食事会を持とうと思いますが」

良信は理事長に聞いた。理事長はしばらく考えてから、

「私も出席していいのですか？」

と言うので、良信は答えた。

「もちろんです。この会の主役は理事長です。佐藤さんの心を動かす発言をなさって下さい」

「分かりました。出席します」

理事長がそう言い、話し合いは終わった。

良信と佐藤は受付カウンターへ行き、居住者に配布する文書作りに取りかかった。まず、良信が文書を書き、佐藤がそれをパソコンで打ち、良信がそれをチェックし、全員に配布する。

日付は十一月四日である。文面は次のようなものであった。

「管理人佐藤夫妻があることで心の苦しみを受け、お辞めになって奥様の実家熊本に帰ろうとなさっています。次の職が決まって退職するのではありません。一か月前までは管理室の入り口のカウンターで、奥様はこのマンションは古いけど熱海でナンバーワンと言い、ここで働い

ていることを楽しそうに語っていました。
そこで、マンションの居住者全員で残留をお願いしたら、お気持ちが変わるかもしれません。どうなるにせよ、これまで佐藤ご夫妻にとてもお世話になっている気持ちを、みんなで伝えたいと思います。
つきましては、食事会を次のように催したいと思います。
十一月十六日（土）
集合場所　当マンションの入り口
集合時間　午後五時四十五分
会の場所　『熱田』という料理店へ行きます
会費　　一人五千円
出席できるかどうかは十一月十二日（火）までに、管理人の佐藤さんか奥間までお知らせ下さい。
奥間のメールアドレス
電話番号
以上、よろしくお願い申し上げます。
発起人　奥間良信」

理事長と反町から返答はなく、マンションの居住者からも出席の通知はなかった。良信のところにも、佐藤のところにもなかった。マンションに居住していない人から次々に良信のところに電話がかかってきたが、ほとんどの人が都合悪く、当日は熱海に行けないとのことだった。

良信が日曜日、いつものように午後四時に温泉に入ってみると、東京で不動産会社を営んでいる池田《いけだ》が久し振りに顔を見せた。池田からは出欠席の通知をもらっていない。

「食事会の案内状をいただきましたが、佐藤さんが辞める原因はなんですか？」

池田の質問に良信は大まかなことを話した。池田は良信に聞いた。

「そうすると、出席者が佐藤さんにこれまでの感謝を述べ、引き続き管理人の仕事を頑張ってほしいとお願いするだけでは駄目ですかね」

「それだけでは、佐藤さんは納得しないでしょう。私は監事だから、これまで理事長が七年間、このマンションのために無報酬で頑張られたことへの感謝を述べますよ。だからといって、理事長は絶対君主ではないから、パワハラで自分のエゴを押し通すことはできません。今度のいざこざで、理事長は佐藤さんに詫びを入れていません。理事長は一徹者で風格がありますが、そういう人は自分の過《あやま》ちをなかなか認められないものです。これまで七年間、理事長として頑張ってきた自負もあるでしょう。理事長は佐藤さんに悪かったという気持ちはあると思います。でも、言えないのです。代わりに理事の反町さんや、長くこのマンションにいる土井さんを通じ、説得をさせています。でも、その説得は功を奏していません」

良信はそうまくし立てた。

「それで、今度の会で、理事長は佐藤さんにお詫びするでしょうか？」

池田は良信に核心を聞いた。

「私が先日理事長に会った時の感触では、すると思います。私は理事長に、会ではあなたが主役だから所信をしっかり述べて下さい、と伝えてあります」

良信の話に池田は頷きながら述べた。

「良い会になりそうですね。私も会に出席したいのは山々ですが、その日は熱海に来られなくて申しわけありません」

良信は池田とはとても話が合うので欠席は残念だったが、出席はしなくても会に対する応援を心の中ではしてくれているので、その支援を多としようと思った。

そこへ、小平が浴室に入ってきた。小平は体を洗い、良信と池田が浸かっている湯舟に入ってきた。池田はさっきの話を続けた。

「あの会がうまくいってほしいのですが、うまくいかないことも奥間さんは想定されていますか？」

池田は不動産会社を経営しているので、事態の進展に吉凶があるのを知っている。

池田の質問に対し、良信は即答しないで、湯舟に入ってきた小平に気を遣い、聞いた。

「十六日の食事会のことをこれまで話していたんです。ところで、あなた、会に来られそう?」

「私と家内が揃っての出席はできそうにありません。特に、私はきついです。できるだけ一人は出席するようにします」

小平はそう答えた。

「一人だけでもありがたいです。よろしくね。さっきの池田さんの質問ね、確かに凶の場合はありますす。佐藤さんが辞めることになる事態も大いに考えられます。辞める場合、それで終わればいいのですが、最悪、パワハラに対する訴訟ということもあると思います」

良信の発言に小平はじっと耳を傾けていた。小平は良信の意外な発言に驚きながらも乗ってきた。

「訴訟までいきますか?」

「このマンションで佐藤さんと一番親しいのは杉浦さんです。何年か前に理事長のパワハラに苦しみ、奥さんは主人に仕事が見つかるまでコンビニで働くといって、辞めようとしたことがあったそうで、その時は杉浦夫妻が宥めて収まったといいます。そして、今度の衝突が起こりました。辞めてどうするかは分かりませんが、訴訟もありえないことではありません」

良信は言い切った。

「訴訟となると、弁護士に金を払わないといけないですよね。そんなこと、佐藤さんはしますかね？」

小平は良信に疑問を投じた。

「佐藤さんがそこまでしたいという気があり、そういうお金がないというのなら、お金は僕が出します」

良信は力強く言った。訴訟までいくというのはあくまでも仮定だが、理事長と佐藤の争いに対し、自分は佐藤に与《くみ》しており、どこまでも擁護しようという気持ちが良信にはあった。

日頃は謙虚な人柄の小平の口から、事の成り行きに対する厳しい局面を指摘された。油断のできない相手だと良信は手強さを感じた。

感謝の食事会

そういうことがあって三日後、理事長の川上から良信に電話があった。佐藤の辞職について、明日緊急理事会を開きたいという。良信は言葉どおりに受け取って、次の日の夕方六時に会議室へ行った。

そこには管理会社の当マンション担当の村田、理事長の川上、反町が既に来ていて、良信が来るのを待っていた。理事会にはたいてい参加している管理人佐藤の姿はなかった。

理事長の挨拶で理事会はスタートした。

冒頭で理事長は述べた。

「先日、奥間さんが当マンションの皆さんに配られた、管理人の佐藤さん退職に際しての食事会への案内について、先日小平さんから電話で、あれは理事会でお決めになったことですかという質問がありました。それで、反町さんと話し合い、今日の緊急理事会の開催になりました」

この理事会の招集の発端には、小平の電話があったことを知り、良信は愕然《がくぜん》となった。先日の浴室でのことを思い出した。佐藤の辞職について、自分と池田が話しているのを、小平はほとんど口を挟まないで聞いていた。小賢《こざか》しい二人に比べ、なんと小平は謙虚で奥深い態度だろうと良信は感心していた。しかし、そうではなかった。事の成り行きをじっと観察していたのだった。そして、電話で理事長に禅問答のような質問をし、理事長と反町は動いたのだ。

平手打ちを食らい、茫然となった良信を尻目に、理事長と反町は余裕綽々《しゃくしゃく》と話を進めていった。横に坐っている反町は、嬉々とした面持ちで涼しげに聞いていた。

「佐藤さんから退職したいということを聞き、できたら思い止まってほしいと説得しましたが、うまくいきませんでした。それで、今一度、佐藤さんのご意向を聞きましたが、辞職の思いは固いと知りました。それで、当理事会は佐藤さんの辞職の意向を管理会社に伝えたいと思います」

理事長の話をそこまで聞いて、良信は訴えた。

「緊急動議をします。このまま佐藤さんが退職した場合、理事長に対してパワハラの訴訟を起こすことも考えられます。今しばらくは思い止まるように説得を試みるべきではないでしょうか」

「私は佐藤さんにパワハラはしていません。たとえ訴訟を起こされても、何の心配もありません」

理事長は静かに言い、良信の動議をけんもほろろにはね除《の》けた。

「大切なのは佐藤さんのご意向であり、私は佐藤さんの辞職したいという意思をしっかり確認しました。そのご意向を管理会社に伝え、後任を探してもらうようにお願いするのです」

反町がそう言った。理事長と反町はしっかりとタッグを組み、強烈なパンチを良信に浴びせたのである。

佐藤は愛してやまないマンションの管理人を辞めることになるが、その原因となる川上理事長の暴言については、詫びの言葉をもらわずに事が処理されていったのである。

会が終わり、部屋を出ていく時、良信は背後に理事長と反町の勝ち誇った冷たい視線を感じた。それを振り払うように部屋の角を曲がり、エレベーターに向かった。

始まる前まで、どういう会になるか分からず、徐《おもむろ》に部屋を出たのだった。そして会が終わり、部屋に帰った良信の胸の内は、闘いに負けた悔しさでいっぱいであった。

良信は居間のソファーにぐったりと腰を下ろした。頭の中では、どうしてそうなったか、いろいろな要因が絡みつく糸のように縺《もつ》れ合っていた。目を瞑《つむ》り、一つひとつほぐしていった。

「あれは恫喝《どうかつ》です。恫喝は違法行為です」

理事会で反町がそう言って、良信が怒鳴ったことを批判した。良信は理事長夫人にも高飛車な言い方をしている。良信のそういう高圧的な態度が、相手方の結束を固めさせた。

良信はそれを反省しないで、そういう態度のまま理事長との対話も続けた。理事長は手強い相手だから、下手《したて》に出ないで、対等かそれ以上の高飛車な態度で臨むべきだと考えたからである。

その戦法は悪くはなかった。良信が望んだ方向に話が進んだ。食事会をすることになり、その会に理事長も出席し、所信を述べることになった。佐藤に詫びを入れよと良信は言わなかったが、そういう方向に理事長も向かっていく気配が感じられた。

食事会の案内状を、良信は理事長と反町にも配った。二人はどうしたらいいか話し合ったのだろうが、はじめのうちはこれといった考えはなかったと思われる。二人が動いたのは、小平から電話があった後である。

あの電話で小平が理事長に尋ねたのは、食事会の開催に理事会の承認があったかというものである。会の招待文には理事長のお詫びがあるようなニュアンスが読めるからである。

小平の電話は、理事会の決定はマンションにとってすこぶる大切なものだということに、理事長と反町に気づかせたのである。

佐藤の辞職の意思確認をしっかり取り、それを理事会で承認し、その決定を管理会社に報告する。そこには違法性はなく、合法的な手続きがしっかり踏まれているのだ。

小平は人当たりがよく、すばらしい人柄と良信は日頃感心していたが、ある局面に対処する時、単眼でなく複眼で行動をするのだとそのすごみを改めて感じた。

小平は理事長を尊敬していたが、このたびは窮地に立たされた。食事会の出席をどうするか。夫婦のうち一人は出席し、一人は欠席する。その割り振りも故《ゆえ》あってのことなのである。

良信はいろいろ反省していったが、こちら側の一番の弱点は、佐藤が辞める意思をはっきり向こう側に表明したことである。そのことで暗躍したのは反町であろう。

反町は佐藤にこう切り出したと思われる。

「これまであなたはマンションの管理人の仕事を辞めると話されたようだが、こちらの理事会はそのことで会合を持っていない。当マンション担当の村田さんを交えての理事会を開き、あなたが辞めるということを認め、それを管理会社に伝えなければいけない。ここで大切なのは、あなたの辞めたいという意思だが、それは確かだろうか?」

そういう反町の出方に、佐藤は辞めますという意思表示をしたのだろう。それが土台になり、理事会が開かれ、ああいう結果になったのだ。

良信はそこまで考えを巡らし、一番いけなかったのは自分だと思った。

「食事会で理事長の発言を聞く前に、自分から辞めますと言ってはいけない」

佐藤にくれぐれもそう言っておくべきだった。

そういう駄目押しをしっかり佐藤にしておけば、たとえ反町から辞めるという意思表示をしつこく求められても、「食事会の後、どうするか申し上げます」と鋭い相手の刃をやんわり躱《かわ》すことができたはずだ。

それに気づいた良信は、次の日浴室に行く時、入り口のカウンターに佐藤が坐っているのを見て、そのことを伝えようかと思ったが、やめた。辞める決心を表明した佐藤にそのことを言ったら、責任の転嫁になるからだ。それはすべきでないと思った。すべての責任は自分にある。見通しの甘かったことにある。こうなった事実を事実として厳粛に受け止めねばならない。苦しいけど、そうしなければいけないと良信は思った。

日一日と、食事会の十一月十六日に向かっていた。良信そして佐藤のところへ、今のところ誰も出席を表明した者はいない。小平が浴室で夫婦のうちどちらか一人は可能と言っただけである。

日本料理店「熱田」には出席人数は最低で四人、当日にならないと分からないが、ひょっとしたら五人くらい追加があるかもしれないと言っておいた。

十一月十六日、食事会の日になった。集合場所は当マンションの入り口に、夕方五時四十五分である。良信はいつものように四時少し前に浴室に向かった。入り口のガラスドアが自動的に開き、右側にあるカウンターを見ると、反町が佐藤と話していた。反町に黙礼をして通り過ぎようとすると、反町は良信を呼び止めた。

「奥間さん、ちょっと」

良信は一番風呂に入るため、四時にはカウンターの前を通るので、それを見計らって反町は良信が来るのを待っていたようである。

「私は佐藤さんを辞めさせようと動いたのではありません。できるだけここに留まってほしいと佐藤さんを説得しました。このことは今日の食事会の時に、皆さんに言って下さい」

反町は良信に頼んだ。

「分かりました」

良信は答えた。反町が佐藤の残留のためにはじめは説得を試みたのは事実であるから、頼みは聞いてあげようと思った。

反町の良信への懇願は、食事会にある程度参加者が集まるだろうと予想してのものであるが、果たして少しでも参加者があるかどうか、良信は心細かった。

反町が食事会に出席しないことは分かった。理事長は理事会の時、食事会のことにも言及していた。

「私は出張でその日、熱海にいません。ですから、その会には出席できません」

それで、理事長も反町も食事会に来ないことが分かった。

お先真っ暗の食事会であるが、予定の集合時刻の五時四十五分少し前に、良信は入り口へ行ってみると、佐藤夫妻が立っていた。少し待っていたら、土井が現れた。

「家内は用事があって、遅れてきます」

次に現れたのは杉浦夫妻である。少し遅れて小平夫人が現れた。

「主人は今日は都合があって来られません」

思いの外、人が集まった。お先真っ暗で、最悪の場合、佐藤夫妻と自分の三人だけではと良信は思っていたが、かなり集まってくれた。良信は嬉しさで胸がいっぱいになった。

佐藤夫妻にタクシーの手配を頼んだ。良信は「熱田」に電話をして、参加人数は八人になったことを伝えた。そして、二つのタクシーに分乗して、料理店に向かった。

二階の座敷の部屋は襖《ふすま》で三つに仕切られていて、一行は奥の間を使うことになった。良信は入り口近くに坐り、世話役を受け持った。乾杯のビールを注文し、それが来る前に皆を紹介した。顔見知りの人もいれば、初対面の人もいるからである。

料理が次々に運ばれてきて、食事に入った。ビール党の人もいれば、日本酒党の人もいる。日本酒が好きな人には、好みの銘柄を注文させた。

良信は会に出席している男性とは、浴室で雑談を交わすことがよくある。しかし、妻君とはマンションの入り口や廊下で挨拶を交わす程度である。

食事をしてアルコールが入り、和やかな雰囲気になっているので、良信は婦人たちに話しかけた。はじめに杉浦夫人に聞いた。

「奥さんとご主人、どっちが先に熱を上げたの？」

「私です」

夫人はすぐに答えた。

「分かるなあ。私もご主人を初対面でぱっと見て、これまでに会った人とはどこか違うなと思いました。体格もがっちりしているが、どっしりとしていて、逞《たくま》しいんです。私はこのように痩《や》せて、吹けば飛ぶような体でしょう。圧倒されました。そして、話をしてみると、いろんな分野で知識が豊富なんです。私が話を向けると、それについて幅広い話をしてくれます。男性の私でもご主人にぞっこんだから、奥さんはたまらなかったでしょうね」

良信は杉浦の妻君に聞いた。

「ずばり、そのとおりです。当たって砕けよと、思いきりぶつかりました。この人でなければという私の一途な思いが通じ、アタックは成功しました」

妻君はビールが入り、ほんのりと赤くなった顔で、ありし日の自分を雄弁に語った。

良信は得たりとそれを受けた。

「ご夫婦でこの辺とか、たまにはかなり遠くまでサイクリングに行かれますね。かっこいいといつも見ています」

夫の杉浦は、発言は控えているが、嬉しそうに話を聞き、楽しそうにビールを飲んでいた。

土井の妻君は遅れて来る予定で、まだ来ていない。杉浦夫妻のことで話が盛り上がったところで、良信は土井が妻君を待ち侘びていると思い、皆の前で妻君のことを語ろうと思ったが、その前に夫のことから入った。

「土井さんは、若い時、剣道をなさったそうで、高校の時、全国大会に出られたそうです。大柄ではないから、剣道の時、小手が得意でね、大柄な相手が面で来るところをいち早く小手で一本取ったそうです」

良信は夫のことから出発し、土井夫人の話に移った。

「若い時、剣道をし、今でもすばしっこい身のこなしをする土井さんに対し、奥さんはとてもふくよかな感じの方です。私、朝散歩をしています。マンションを出て、左回りで駅に向かい、そこからはマンションに向け、坂道を上ります。土井さんの奥さんは、マンションを出て、朝の出勤で坂道を下って歩かれます。夏、日傘を差し、白い服を着て、こちらに向かって歩いてこられます。映画のワンシーンを見ているようです。私も映画の役者になったような気で、『お早うございます』

と声をかけます。お互い挨拶を交わし通り過ぎますが、坂道を上り、疲れてくたくたになっているのが、一瞬吹っ飛びます」

皆は呆気に取られ、良信の話を聞き、土井のほうを見た。皆は良信の話をハラハラしながら聞いていたからである。土井は照れながらも、嬉しそうに聞いていた。皆は安心し、饒舌になり過ぎた良信もほっとした。

料理を食べながら、隣同士で話をした。しばらくして土井夫人が到着した。夫の側に坐り、「遅くなりまして」と挨拶を述べた。

「どうです。小津映画にぴったりの方でしょう」

良信はそう言うと、皆は笑顔で頷いた。

土井夫人は夫に聞いた。

「え？　何のこと？」

「君が来る前、奥間さんが君のことをいろいろおっしゃったんだ。小津映画にぴったりの人とおっしゃってね」

「うわあ、光栄ですわ」

夫人は照れながら言い、嬉しそうであった。

注文した料理は出尽くしたので、良信は適当に追加の注文をした。皆はおいしそうにビール、日本酒を飲んでいくので、どんどんそれを追加していった。最悪の場合、自分と佐藤夫妻三人だけでの食事会になるかもと思っていたのが、大勢来てくれたのである。勘定は予定をオーバーし自腹を切ることになったが、ちっとも構わなかった。こういう良い会での自腹はむしろありがたいと思った。

とはいえ、この会食は同志ばかりの集まりではない。異分子もいたのである。それは小平の妻君である。本来のこの会食の目的は、理事長が断水の時、管理人の佐藤に吐いた暴言に詫びを入れ、佐藤がそれを受け入れ、辞職しなくてよいようにするというものであった。

それに「待った」をかけたのは、小平から理事長への電話であった。

「食事会の招待状の内容は理事会で決めたことですか」

それで理事会が開かれ、反町が前もって佐藤から辞職の意思確認をし、理事長、反町、良信の三人で理事会が開かれ、そこで佐藤の辞表が正式に承認されたのである。

小平は切り崩しを謀《はか》った張本人であり、理事長側に加担する一味の一人である。理事長、反町がこの会に欠席ならば、小平もそうあってしかるべしと思われる。

確かに小平本人は欠席だが、妻君は出席している。これは夫婦の話し合いによってそうなったのかもしれない。佐藤は、「この食事会はどういう趣旨のものか」とマンションの居住者のほぼ全員から聞かれたという。小平もそれをもとに、理事長に電話を入れた。小平は会食の趣旨を考え、一方で理事長に電話を入れ、他方で妻君には会食に出席させている。

いかにも小平らしいやり方ともいえる。人当たりがとにかくいい。普段、良信が受けている感じから、良信は小平が自分に味方をしていると思った。

しかし蓋を開けてみると、理事長の忠実な子分だったのである。反町は普段から理事長にべったりだから、反町の言動はよく分かる。それに比べると、小平は開けてびっくりの所業であった。

よく考えてみれば、理事長も小平も会社の役員である。理事長は一流企業、小平は中堅という違いはあるが、川上理事長はしかも当マンションの理事長職を七年間も無償で務めている。そういう人に対する小平の敬愛の心は当然であろう。それに気づかなかった自分が甘かったのだ。

良信は事の成り行きがこうなった今、小平の行状がよく分かる。理事長に加担しながら、日頃愛犬の散歩などでいろいろお世話になっているので、夫婦のうち一人は出席、という線を出したと良信は納得した。

それで、小平の妻君に、良信は率直に言った。

「あなたがこの会にいらして下さって、とても嬉しい」

「主人はあいにく来られなくて残念ですが、私は皆さんと和やかにお付き合いできて、とても楽しんでいます」

妻君は言った。

それで、妻君との会話は終わりにすればよかったのだが、酒が入って上機嫌になっているので、良信は気になっていたことをつい口に出した。

「この前の朝、散歩で駅から坂道を上がっていこうとしたら、あなたがこちらに歩いてくるのを見ました。スマホを手で弄《いじ》りながら歩いています。挨拶をしようかどうか迷いました。私は歩く時、両手を後ろに回し、胸を張り、下を向いて歩きます。時々上を向きますが、その時、あなたを見た。その時は、あなたがスマホを手で弄りながらの歩きです。ところが、ひょっとしたら、私が下を向いて歩いている時、あなたは私を見て、それまでは手にしていなかったスマホを取り出し、弄り始めたのかもしれないと咄嗟《とっさ》に思ったのです。だとすると、私との挨拶はしたくないのかもしれないと思いました。それで、あの時はあなたに挨拶をしないで通り過ぎました。どうしてあなたは私と挨拶をしたくないのか。それは、私が皆さんに送ったこの食事会のことが気に入らないのだと思いました。そういうあなたが、この会にいらして下さったのです。とても嬉しかったです」

皆は良信の長口上を興味深く聞いていた。小平夫人がどう言うか見守った。

「そんなことがあったのですか。私は朝、奥間さんとお会いする時、いつも挨拶をしています。しかし、よくスマホを見ながら歩く時がありますから、その時も私は奥間さんを見ていなかったと思います」

そう夫人は答えた。波瀾は起きず、皆はほっとした。良信も、夫人が真実を語っているかどうかは別として、自分がつい口をすべらせた波風を起こす発言を見事に処理してくれたと、夫人の受け答えに感謝した。

この会の主役である佐藤夫妻は、参加した皆が和やかに語り、酒を飲み、料理をおいしそうに食べているのを見て、二人ともその雰囲気を楽しんでいた。

宴が酣《たけなわ》になり、世話役の良信は言った。

「私たちの本当の希望は、佐藤さんが奥さんの出身地の熊本に帰るのではなく、引き続きこのマンションの管理人として留まってほしいということです。どうでしょう、皆さん、いかがでしょうか」

同席している皆は、

「本当にそうです。辞めないでほしいというのが私たちの希望です」

と異口同音に言った。

「皆さんのお気持ち、とても嬉しいです。でも、夫婦でしっかり話し合い、辞めることにしましたので、そうさせて下さい」

佐藤は言い、決心が変わらないことが、佐藤の顔の表情から分かった。

「理事長と佐藤さんがぶつかったことは知っていますが、どういう諍《いさか》いだったのですか？」

土井が佐藤に発言を求めた。土井は良信からおおよそのことを聞いていたが、被害を受けた本人から直接話を聞きたかったのである。

佐藤は、断水の時のアクシデントを話した。

「貯水タンクの水を時間給水で使う時、ほとんどの人は、決められたルールを守ってくれました。ところが、理事長はさらにもう一時間延長してくれと頼むので、それは了承しました。ところが、さらなる要求は、ストップしてくれと言うまで無制限に水道を使わせてくれと言ったのです。皆さんはルールを守り、小刻みに日を分けて洗濯をなさったと思います。理事長はその日一日で大量の洗濯をなさろうとしたのではないでしょうか。私が駄目ですと断ったら、怒鳴られました。罵詈雑言の数々でした。断水の時、この辺一帯の人は給水のため、公民館まで水をもらいに行きます。マンションの方から、体がきついから給水に行ってくれと頼まれたら、何遍でも通います。でも、他の方は給水のルールをちゃんと守るのに、理事長は無制限にさせてくれと要求し、断ると怒鳴り散らすのです。こういうパワハラはこれまで、何遍もありました。それにはこれまで辛抱してきましたが、今度は駄目でした」

皆は理事長と佐藤の間にいざこざがあり、それが原因で離職の方向に進んだことはおおよそ分かっていたが、本人の口から具体的なことを知らされ、理事長からひどい仕打ちを受けていたことを実感した。

しばらくして土井が聞いた。

「あなたが辞めると理事長に言った時、お詫びの言葉はなかったの?」

佐藤は答えた。

「理事長はショックのようでした。がっくり肩を落とし、しばらく考え込んでおられました。いつもは胸を張って、私にビシビシおっしゃいます。私との間でいろいろ意見の食い違いもあるだろうが、このマンションのみんなのために考え直し、これまでみたいに頑張ってくれないかということでした」

「それに対し、あなたは何と言ったの?」

土井は再び佐藤に聞いた。

「家内とじっくり話し合い、辞める決心をしましたので、よろしくお願いします」

佐藤はそう答えたという。

「それから、どういうことが起こったの？」

さらに土井は聞いた。佐藤は話を続けていった。

「理事長と奥間さんがお話しになり、そこへ私も呼ばれて話し合いをし、十一月十六日にここで食事会をすることになりました。その会に理事長も出席し、何らかのお話をするということでした。皆さんからは残留のお勧めもあり、理事長のお話をまずは伺おうと思いました。そうしたら数日前に、反町さんから『辞めるか、それとも辞めないでここでこれまでどおり頑張ってもらえるか。辞めるのなら後任も管理会社のほうで選出しないといけないので、あなたの意思を聞かせてほしい』と言われました。それを聞いて、十一月十六日の会での理事長のお話を聞いてから言おうかとも思いましたが、やめました。辞めたいと言いながら、後任の手続きを正式に進めるに当たって、理事長のこの会での言い分を聞いてからというのは、男らしくないと思ったのです。それで、反町さんには、きっぱり辞めますと意思を表明しました」

これまでおとなしく皆の話に耳を傾け、料理を食べていた小平の妻が口を開いた。

「佐藤さんがお辞めになることは、マンションの人々にとってはつらいことですが、佐藤さんにとっては、かえってよかったということになるかもしれません。辞めたことで、とても良い仕事を得られるかもしれないのです。お辞めになるということは、次に来るすばらしい道への出発点でもあるのです。

だから、理事長からつらい仕打ちを受けたとしても、それを根に持ち、パワハラの裁判を起こすというのはよくないと思います。被害を蒙《こうむ》った者が裁判で勝利を摑むのは難しいのです。相手側も弁護士を立てて反論しますから、パワハラの立証は難しいのです。

それよりも、辞めることを未来に向かっての出発点として、希望を持って進むのがいいと思います」

熱弁であった。同席している皆は、小平夫人の雄弁をうっとりして聞いていた。誰か一人が拍手をしたら、皆賛同の拍手を送ったと思われる。

良信は小平夫人の雄弁を苦々しい思いで聞いていた。理事長に荷担した意見にも聞こえるのである。今日の食事会をぶち壊す先陣を切ったのは彼女の夫であり、この会で理事長が給水の時の自分の横暴を詫び、うまくいけば佐藤はそれを受け入れ、今までどおりの管理人の仕事を続行したかもしれないのである。

ところが、良信は一方的に夫の小平を責められないと思った。小平は川上理事長を日頃から尊敬している。川上は当マンションの理事長を長年務めている崇高な存在である。

そういう立派な人が、たとえ部下に対して高圧的な無礼を働いたとしても、その非を守ってあげなくてはいけない。小平にそういう思いを抱かせた張本人は自分だと良信は思った。浴室で湯舟に浸かりながら、佐藤が裁判を起こすなら良信が費用を負担すると池田に語ったのを、小平はじっと聞いていたのだ。

裁判になったら大変だと思った小平は、食事会に出席する妻に、裁判を起こしてはいけないと皆に伝えてほしいと伝言したに違いない。夫婦の見事な連携プレーである。

同席者が小平の妻君の雄弁に影響されてはいけない、一矢報いようと良信は思い、発言した。

「奥さんのおっしゃっていることは、正論です。しかし、下で働いている者は、上からの強い圧力を受けます。法的には対等であっても、気持ちの面ではいつもつらい目に遭います。今度佐藤さんが受けたつらさは、その最たるものでした。それで、我われとしては日頃受けている佐藤さんのお仕事からの恩恵に感謝し、願わくは踏み留まってほしいと思ったわけです」

この良信の発言には皆も同感のようで、頷いて聞いていた。しばらくして土井が言った。

「私、皆さんよりも長くこのマンションに住んでいますが、こういう親睦会を持ったのは初めてです。とても楽しかったです。この会の呼びかけをして下さった奥間さんにとても感謝しています」

皆も次々に、良い会だったことを口にした。

「皆さんのお気持ち、本当に嬉しかったです。ありがとうございました」

最後に佐藤が礼を述べた。

「ありがとうございました」

佐藤夫人も言い、二人で深々と皆に頭を下げた。

食事会はお開きになり、タクシーを二台呼んでもらい、マンションに帰ることになった。良信は車の中で、土井夫妻と小平夫人と一緒になった。皆、口々に良い会だったと言い、良信へのねぎらいを口にした。

「良い会になったのは、皆さんが大勢参加して下さったからです。特に小平さん、来て下さってとても嬉しかったです」

良信は言った。

土井夫妻は、散歩で坂道を上がる際に小平夫人と擦れ違った良信の話を聞いていたので、なるほどと思っていた。

「どんな会になるのか、恐るおそるでしたが、本当に良い会でした。私、帰って主人にそれを伝えます」

小平夫人は言った。しみじみとした口調なので、皆も心地よく聞いていた。

良信たちのタクシーが先にマンションに着き、次のタクシーも到着した。御影石《みかげいし》で造られた石段を上がり、マンションに入っていく。はじめのドアは手で開け、数歩進むと自動で開くガラスドアがあり、フロアがやはり御影石でできた広間に入る。

階段を先に上がったのは土井夫婦で、夫の土井が入り口のドアの取っ手を掴もうとして、ドアを開ける手を止めた。ガラス越しに、大広間を行ったり来たりしている理事長夫人の姿を見たのである。

「入るのはちょっと待って」

そして、両手で皆が入るのを制した。

「理事長夫人が、我われが帰るのを待っている」

皆は上がってきた階段を今度は降りて、下のほうで十分ほど待機した。

「理事長の奥さん、誰と誰が食事会に参加したか、気にしてるんですね。ご主人から依頼を受け、偵察に来たんです」

土井が言い、鬼に見つからないように子どもが隠れん坊をするみたいに、身を隠した。

土井は時計を見て、十分経ったので、入り口から先方のフロアに理事長夫人がいないのを確かめた。

「もう、いないみたいです。たとえ見つかっても何も悪いことはしていないので、堂々と胸を張りましょう」

そう言って先に中に入った。理事長夫人はもう見当たらず、それぞれが自分の部屋へと向かった。

別離と再生

次の日は日曜日で、良信はいつもより遅く起き、朝食を食べてから朝の散歩に出た。その後、居間で寛いでいたら、土井から電話があった。

「昨日、家に帰り半時間ほどしたら、理事長の奥さんから電話がありました。私が出たら、家内と話したいというので、代わりました。食事会はどうでしたかと聞かれたので、とっても良い会でしたと答えていました。どういうお話がありましたかとも聞かれたので適当に答え、さらに出席者についても質問があったので、出席者全員の名前を言いました。そうしたら、小平さんの奥さんも出席していたことを知り、びっくりしていたそうです。会が盛大だったので、向こう側はショックだったみたいですね」

良信は土井の報告を聞き、理事長側の動きを推察した。どういう人たちが出席したかの偵察に夫人を行かせたのは滑稽であったが、可愛らしくもあった。

理事長、反町にとって食事会がどういう会になったのか気になったのは、この前、理事会で決めた方向に反した参加者の決議があったかである。

理事会では、管理人の佐藤が辞めるのは本人の一身上の都合で、理事長は何ら関わっていないというものであった。それに佐藤が異議申し立てをし、食事会に出席した全員が、理事長の暴挙があって辞めるのだから、理事長は佐藤に謝罪しなければならないという決議をしたかどうか――それが理事長と反町の憂慮する点で、それがなかったことを知って安堵したのだろうと良信は思った。小平夫人の出席は意外ではあったが、それは些細なことだった。

佐藤が管理人を辞める方向で事が進み、佐藤夫妻が夫人の郷里熊本へ発《た》つのは翌年の七日となった。年内に引き揚げたかったが、後任がまだ決まってないので、引き延ばされたのである。

良信は十二月に佐藤夫妻との食事会を申し出たが、十一月の食事会で皆さんからとても温かいお気持ちをいただいたと言って、受け入れてもらえなかった。

それで、良信は二人を出発前の一月五日に自宅に招いた。食卓を囲み、ビールを飲みながら話し合った。良信は自分が高圧的な態度で理事長や反町に臨んだがために、夫婦が熊本に行く結果になったことを詫びた。

「そんなことはありません、奥間さんがなさったことを、私たち二人とても感謝しています」

佐藤は恐縮し、こうも続けた。

「衝突を作った張本人は私なのです。台風で断水が起こる一か月前に理事会がありましたね。

あの時、会の終わりしな、私は皆さんにマンションの貯水タンクのことを話しました。これまで熱海は台風などの被害で断水になったことはありません。しかし、日本全国で自然災害のため、断水がよく起きています。それで、万が一と思って、皆さんにお話をしたのです。

皆さんは貯水タンクのことを知りませんでした。皆さんが興味をお持ちのようなので、見に行きますかと聞いたら、行く行くとおっしゃいました。それで見に行ってからの質問は、断水の時、これを使って何日持ちこたえるかということでした。それで私は、普段こちらにいらっしゃらない方のことは考えないとして、朝の一時間の給水で一週間は配水できると申し上げました。

その後、思わぬことで未曾有《みぞう》の断水になり、その結果、理事長と私の間で衝突が起きました。ですから、理事の皆さんに貯水タンクの話をしなければよかったのです。

実際に断水が起きれば、皆さんは私にこのマンションに貯水タンクはないのかと聞きますね。その時、ないと嘘をつけばよかったのです。私がないときっぱり言えば、皆さんは管理人がそう言うのならと信じます。

皆さんは、お困りになりますね。それに対しては、私と家内が公民館まで水をもらいに行きます。私たちは若いので、何遍でも行けます。このマンションに住まわれている方はそう多くないので、私たち夫婦は喜んで水運びをしたでしょう。

でも貯水タンクのおかげで、うちは公民館まで行っての水運びをしないですみました。うちの隣近所の皆さんは、十日間それをなさっていました。

私としては、そういう皆さんが苦しい時、一緒に水運びをするのが人の道だと思います。うちには貯水タンクがあるので、時間給水をし、さらに市の水道局から水を運ばせ、それを給水タンクに入れ、洗濯もすることができました。

貯水タンクからの時間給水では、皆さんはルールを守って行動しましたが、理事長はエゴ剝き出しの行動をなさろうとするので、それには従えないと反対を唱えました。

その結果は私の退職です。しかし、今になって後悔するのは、理事長のエゴの発生は本人自らですが、その根源は私です。今まで皆さんが知らなかった貯水タンクの存在を知らせたからです。

人の言動はその時はよかれと思ってやりますが、後悔はやった後で起こります。この事件が起きる前、このマンションはすばらしい、こういう場所で働く自分たち夫婦は幸せと思っていました。しかし事件が起こり、暗い影ができました。そして、その影を作った張本人は理事長と思い、許せませんでした。

しかし、今の私の心境は変わりました。暗い影の張本人は自分だと思うようになりました。すべての発端は、私が貯水タンクの存在を言ったからです。

そう思ったら、気持ちがすっきりしました。理事長のせいで辞めていくのではなく、自分がエゴの種を蒔いたと思っています」

佐藤の反省の言葉は良信の胸を揺り動かした。断水の時、給水タンクがあっても、それを使わずに、皆と一緒に水運びをするということである。それが人の道だというのが、佐藤の考えである。

「佐藤さんの言葉を聞いて、こんなすばらしい人と別れるのはつらいと思ったけど、小平さんの奥さんが食事会で言ったように、ここを去るからといって暗い方向に行くのではなく、かえって輝く道を歩むことができるという発言ね。あれはすばらしい発言だ。あのマンションを辞めたおかげで良い仕事が見つかったと思うことがきっとあると、願っているからね」

良信は佐藤を激励した。

長居をしたと言って暇乞《いとま》いをする佐藤夫妻を良信は玄関で見送り、別れ際、

「お見送りはしないから、ここでお別れするね。本当にいろいろありがとう。熊本の住所もいただいたから、お便りをするよ」

と言い、夫婦と握手をして別れた。

佐藤が去った後も、後任の管理人はなかなか見つからず、これまで佐藤が休みの日に交替を

務めていた杉山《すぎやま》と加藤《かとう》が代わってやるようになった。杉山は年長者で、加藤は若手であった。杉山は佐藤から引き継ぎの手解《てほど》きを受けた。反町から佐藤に依頼があったそうである。良信はかつて反町から、年輩の杉山が仕事の出来が良いと聞いていた。それで佐藤は杉山に引き継いで、やるべきことを伝えたのだ。

佐藤が去っても長い間、後任は決まらなかった。これは理事長と反町にとっても誤算であった。佐藤が辞めても、後任にはちゃんとした者がすぐ来るという期待があった。

いつもは早朝の散歩をする良信が、大分遅くマンションを出発したことがあった。マンションを出て左側は緩やかな坂道である。そこで、良信は散歩帰りの反町にばったり会った。

仲が良い時は、立ち止まって二人は話を交わす。今はそれができないぎくしゃくした関係になっていた。

手短かな挨拶は交わしたが、それで二人は擦れ違った。相変わらず反町は洗練されたトレーニングウェアを着ている。顔立ち、体型が良い反町が青色のトレーニングウェアで闊歩《かっぽ》しているのである。

以前なら、良信は「かっこいい」と声をかけていたが、今はそれができないでいた。それでも、良信は自分の意見を取り入れ、散歩を続けている反町に親しみを持った。

それからしばらく経った冬の早朝の散歩で、良信は駅からマンションに向かう坂道を歩いていた。前方三十メートルに川上理事長の姿を目にした。理事長も良信の姿を捉え、近づいて来る。これまで、寒さを感じながら歩いてきた良信は、それを忘れ、挨拶をどうしようかと緊張した。

「お久しぶりです」

理事長の大きな透き通った声が聞こえた。一瞬先に向こうが声を出し、ほっとした瞬間、良信もすかさず、

「お早うございます」

と言い、二人は擦れ違った。

良信は、理事長の「お久しぶりです」のひと声に理事長の歩み寄りを感じた。自分は何もパワハラをしていないと言った時の力みもなく、あれ以後、二人の間に生じた蟠《わだかま》りを吹き飛ばすひと声であった。

良信はマンションに向かい坂道を歩きながら、体の温もりを感じていた。理事長とは仲良くなれるという思いで、いつもは感じる坂道の苦しさが半減されていた。

春が近づいたある日、玄関のブザーが鳴ったので、出てみると、反町と紙袋を持った夫人が立っていた。反町の顔にはかつて見せていたやさしい笑顔があり、良信はほほえんで見事な老夫婦の立ち姿に見蕩《みと》れていた。

名古屋の友人から、会社の役員になってほしいと懇願され、引き受けることにしたという。

反町がとてもお世話になったと頭を下げたので、良信も感極まって、反町の手を握りしめた。
二人が暇《いとま》を告げ、エレベーターに向かう時、良信は夫人から手渡された紙袋を持ちながら二人について歩き、二人がエレベーターに乗ってこちらを見た時、良信は二人に深々とお辞儀をした。

反町が去ってしばらくして、理事長の川上はマンションの所有者全員に報告書を配った。内容はマンションの現状を述べていた。目下、常駐する管理人が不在で、日常の管理人の業務は管理会社が派遣する代行員が行なっていると書いてあった。

それで日々の業務は足りるが、夜間、不測の事態が起きた場合には対応できない。その場合、各自一一九番に通知してほしいと書いてあった。そういう現状報告の後、理事長の川上は今期限りで理事長の職を退きたいと言明した。

報告書の中では、佐藤が辞任したことには言及していない。しかし読む人には、佐藤の退職後、当マンションは常勤の管理人がいないために不安定な状況になっているので、その責任を感じて理事長の職を辞めたいという意向が感じられた。

この報告書を見て、良信は川上に電話をかけた。長い間、このマンションのために尽くされたのはすごい貢献であると誉め称えた。その後で、良信は自分も監事を辞任したいと申し出た。理由は体が思わしくなく、弟妹も沖縄に帰り暮らすことを勧めているからと伝えた。

理事長は、「役員はすべて一新になりますが、かえって新体制でいいスタートになりますね」と答え、了承した。

五月に第一回の総会が開かれたが、理事長には小平が就任した。前理事長の川上が懇願したそうで、小平は川上前理事長が監事になって下さるならと要望を出したそうである。前理事長が七年間で培《つちか》ったマンション運営の知識を授かりたいという希望があったからである。

理事には土井が就いた。土井は熱海生まれの熱海育ちなので、熱海には知人が多く、業者もたくさん知っている。マンションの修理、保全にはとてもありがたい存在なのだ。

マンションの役員が新メンバーになってから、活動に活気が出てきた。これまでの管理会社は全国でも大手の会社だったが、地元熱海の管理会社に変わった。世帯数が十四の小さいマンションで、そのため維持費が高い。それを少しでも安くしようとしての決断だった。

エレベーターは古くなっているが、施工した会社が潰れてしまい、修繕のための部品交換ができなくなって、新しくやり直す必要があった。しかし、経費が相当かかる。それで延ばし延ばしになっていた。

それを新体制が精力的に動き、新しい管理会社と協議を重ね、エレベーターを直すことになったのである。

II

少年時代の回想

新たな役員たちの見事なチームワークで、このマンションにも再び活気が出てきたと喜んでいた矢先に、良信の体に異変が生じた。夏の終わりに近い頃、良信はいつもどおりに朝の散歩をしていた。往きの道は下りなのでどうにか歩けたが、熱海駅からマンションに戻る途中の坂道で、急に足が重く感じられた。単なる疲労ではなく、どこかに異変を来《きた》していると直感した。

さっそく病院に行って診察を受けると、胃癌《がん》だと診断された。胃の上部にかかる進行性のものなので、胃の半分以上を残すことが難しく、剔出《てきしゅつ》手術を受けて一か月入院した。退院して抗癌剤を服用し始めると、拒絶反応を起こしてひどい脱水症状に陥り、再度入院することになった。

二度目の入院は長かった。剔出手術後は一か月で退院できたが、二度目は二か月半も入院する羽目になった。毎日が寝たきりの生活だったので、時間だけはたっぷりあった。良信はベッドに体を横たえながら、いろんなことを思い出していた。

その一つに、マンションの管理人佐藤の辞職問題があった。あの時、良信はマンションの組合の監事だった。つまり、住人を管理する立場にあったのだが、マンション側に立つ佐藤を擁護し、理事長をはじめ組合上層部に盾突いたのである。自然の成り行きでそうなったが、そうした考えや行動原理は、小さい頃の父親の躾《しつけ》から来ているのではないかと良信は思った。

沖縄で生まれ育った父親は戦前、東京で教師をしていたが、戦争で熊本に疎開し、敗戦後は東京に戻らず沖縄に帰った。しかし、教師では家族を養っていけないと、普天間で初めての店を開いた。

良信は色白でひ弱な少年だったが、時折、感情が高ぶって思わぬ行動に出ることがあった。小学校の高学年になったある日、荒《すさ》んだ気持ちで家に帰った良信は、泣きながら店の商品が入ったガラスケースを拳《こぶし》で叩き割った。そんな行動を取った理由は、学校でのいじめだった。

学校には農業の授業があった。自分たちが育てた野菜を収穫する日、生徒は一列に並んで作業に取りかかった。そして収穫が終わると、畑を鍬《くわ》で耕し、平坦な農地にしていくのだ。ほとんどの生徒は家で農業をしているので、作業はお手のものだった。上手に鍬で土を耕し、掘り起こした固まった土塊を裏返した鍬で叩き、細かくして土地を平坦にしていく。

一方、良信はやったことがないので、見よう見真似でやってみたものの、思うようにいかない。他の生徒はどんどん作業を進めるが、良信は遅い上に耕したところに凹凸ができ、平坦にならない。

「色白のヤマトンチュー（大和人）には、畑仕事が不似合いだ」

「色白のヤマトンチュー、色白のヤマトンチュー」

生徒たちは口を揃えてそう囃《はや》し立てた。沖縄の人びとは総じて色が黒いのに対し、本土の人びとは色が白い。

良信はその場では嘲笑に耐えていたが、家に帰ると堪《こら》えていた悔しさが爆発した。店の商品が並ぶ戸棚のガラスを、これでもかと何枚も叩き割った。

母親はこれを見て驚愕した。いつもはおとなしい息子が、どうしてそういう乱暴をしたのかと不審に思い、そのわけを聞いた。

「色白のヤマトンチューと何遍も言われ、からかわれたからだ」

良信は学校での出来事を話した。母親は黙ってガラスの破片を拾い集めたが、良信を叱ることはなかった。しかし、母親は帰宅した父親に報告した。父親は良信を呼び、もう一度店のガラスを割った理由を問い質《ただ》した。

「学校では我慢して耐えていたのに、どうして帰って来てからガラスを割ったんだ」

「バカにされたのが悔しくて、たまらなくなったんだ……」

「家でも堪えるべきだった。それができずに、モノに当たるなんて許されないことだぞ」

「……今はそう思うよ」

今はしおらしく反省しているが、このまま許しては息子のためにならない。父親は息子の性根を鍛《きた》え直そうと考えた。

そこで父親は、毎朝店で売るたくわんを樽から出し、水できれいに洗ってから棚に並べるよう言い渡した。父親の命令は絶対で、その日課を済ませてからでないと、良信は学校に行けないのだ。ところが、はじめは嫌々やっていた良信だが、次第に慣れてくると難なく日課に励むようになった。

そうして一年が経ち、良信は小学校の卒業式の日を迎えた。その日、良信はいつもの日課にどうしても気が乗らない。一、二本樽から出して洗い始めたが、どうしても残りをやる気にならなかった。

実は当日、良信は卒業生を代表して答辞を読むことになっていた。自分で原稿を書き、担任の先生に直してもらうと、家で何回も朗読の練習をした。そして、待ちに待ったその日を迎えた。晴れがましく格好いい、特別な日だというのに、今さらたくわんなど洗う気にならない。ぐずぐずしてやる気のない良信を見て、父親は厳しく命じた。

「いつものように洗ってから行け！」

その言葉を聞いて、母親が助け舟を出した。

「今日は卒業式だし、答辞を読むのだから、もう行かないと遅くなるよ。良信、今日はいいから、早く行きなさい」

良信は半べそをかきながら、父親の許しを待った。

「卒業式など遅れて行けばいい。毎日の日課がきちんとできないなら、答辞なんか読まなくていい」

父親は頑として許そうとしなかった。父の真意は到底理解できなかったが、いつものようにたくわんを洗わないと卒業式には行けない。良信は泣きながら日課をこなした。

父親からの試練は、中学校進学後も続いた。中学生になって初めての夏休み、良信は朝早く起きて小学校の運動場へ行き、店の番頭から自転車の乗り方を習った。父親の指示によるものであった。補助輪のない時代なので、乗っては転びの繰り返しだった。そうしながら、バランス感覚を身に付けていった。

腕や足のあちこちに傷ができたが、その痛みの中でバランス感覚が磨かれ、十日ほど経って、良信はようやく自転車に乗れるようになった。

夏休みがあと十日くらい残っていたある日、父親がさらに命じたのは、朝の御用聞きの仕事だった。普天間には、病院や神社など有力なお得意さんが十軒ほどあり、その日入り用なものはないかと朝のうちに自転車で聞いて回り、後で番頭たちに配達してもらうのである。

父親はあらかじめ電話で、しばらくの間は息子が御用聞きに伺い、注文を受けるからよろしく、と先方に伝えてあったので、良信ははじめの日から滞りなくこなすことができた。御用聞きで回る家々はどこも、良信が来ると快く受け入れてくれ、これまでよりも幾分、余計に注文してくれた。自転車に乗れるようになったという嬉しさもあったが、朝の空気の清々しいうちに、自転車に乗って仕事をするのは楽しかった。そのため、与えられた仕事に懸命に打ち込んだ。

また、良信は時たま、村々へ行って日用品の売り出しをした。当時の村々は今ほど開けていなくて、まったくと言ってよいほど店がなかった。だから住民は、わざわざ店がある町まで買い出しに行かねばならない。そういう村々へ品物を持って売りに行くと、村人が大勢寄って来て、車に積んである品物をたくさん買ってくれた。

この売り出しは、三人体制で行なった。一人は車の運転、一人は品物の販売と会計、残りの一人はマイクを使っての宣伝と売り込みである。父親は良信の学校が休みの日、村々への巡回サービスに同行するよう命じた。

ある日、良信はいつものように売り出しに出かけた。良信の担当は販売アナウンスである。スピーカーを通して、巡回販売の車が来たことを告げるのである。それを聞くと村人は、次々と車のほうへとやって来た。朝の十時頃に売り出しを始めたが、その日も順調に売れて昼になった。客足が少なくなった頃を見計らって、弁当を食べることになった。

店を出る時はいつも、賄《まかな》い係の女性が三人に弁当を手渡してくれるのだ。ところが、弁当を開けて食べようとしたら、運転手と番頭が弁当の匂いを嗅ぎ、ヘンな臭いがする、腐りかけているぞと言い始めた。だが、運転手が良信の弁当を嗅ぐと、こちらは何ともない。

「僕たちのと良ちゃんのとは、中味が違うんだ」

運転手が恨めしそうに言った。

それを聞いた良信は、自分だけ弁当を食べる気になれなかった。

「僕のを三人で分けて食べよう」

良信はそう言い、遠慮する二人に三等分して差し出した。躊躇《ちゅうちょ》する二人に向かって、

「二人が食べないなら、僕も食べない」

良信はそう言い張り、無理矢理に食べてもらった。

良信は帰ってからこのことを父親に話し、抗議をした。父親は賄いの女性に注意をしたのか、二度とそういうことは起こらなかった。

良信はたくわんの樽出しを毎朝続けながら、夏休みになると朝の御用聞きに毎年行かされ、村々への日用品の売り出しは日曜日ごとに駆り出された。

父親の良信に対するこうした躾と、六十年後に起こった熱海のマンション問題とがどう結び

付くのか、読者の方々にはなかなか理解できないことと思う。そこで次に、良信がどう考えたのか、思考の過程をたどってみよう。

父親は息子の良信に、ひ弱な根性を鍛えるために、できる限り店の手伝いをさせた。使用人である番頭や運転手と行動を共にさせることで、親への依存心をなくす。また、彼らと日用品の売り出しをすることで協調性が養われる。

昼の弁当のことはたぶん、意図的だったのだろう。息子の弁当は普通なのに、使用人二人のほうは臭い匂いがする。賄いの女性が、主人の息子と雇い人とを区別して作ったのだ。良信はそれに気づき、自分の弁当を三人で分けて食べた。この記憶は、良信の頭の中にしっかりと刻み込まれた。使用する側と使用される側、これは法の下では皆平等なのだ。だから、分け隔てなく、同じ弁当が作られるべきだと思った。その時と同じ考え方で、マンションでパワハラ問題が生じた時、良信はパワハラをした理事長を擁護せず、それに苦しんで辞職しようとする管理人のほうを助けようとしたのだと思い至ったのだ。

また、こんなこともあった。二度目の入院の時、ベッドの中で父親のことを思い出していたら突如、父親の言葉を思い出した。いつ、どんな時だったか忘れたが、良信がかなり大きくなった頃だろう。

「俺はなぁ、亡くなった浅沼稲次郎《いねじろう》が好きでね」

これを聞いて意外な感じがした。父親はワンマンで、家庭内ではとてつもなく存在感が大きかったので、てっきり保守派の人間だと思っていたのに、日本社会党を代表する政治家のファンだったとは。

ちなみに、日本社会党委員長だった浅沼は、一九六〇年十月十二日、東京・日比谷公会堂で開催された自民・社会・民社党による三党首立会演説会で演説中、右翼活動家の山口二矢《おとや》（十七歳）に刺殺された（享年六十一）。早稲田大学在学中に建設者同盟を組織し、卒業後は農民組合運動に身を投じた。衆議院議員当選九回。社会党には結成時から参加していた。

そんなことを思い出していたら、連鎖的に瀬長亀次郎のことも思い出した。良信が小学校低学年の頃、夜の小学校の校庭で「セナガ・カメジロー」という人の演説を聞いた。煌々と照る月明かりの下《もと》で、大勢の人びとが立ったまま話を聞いていた。どんな内容の話だったか、当時の良信には皆目分からなかったが、演説が終わると人びとの間から大きな拍手が湧き起こった。それを聞いた良信は、すごく偉い人なんだなと思った。この時、誰に連れられて行ったのか覚えていないが、父親だったかもしれない。もしそうなら、父親は政治活動には参加しなかったものの、反米運動のリーダーだった瀬長の演説をどうしても聞きたかったのではなかろうか。

その頃の沖縄はアメリカの統治下にあり、島民の感情は反米か親米かに揺れていた。そうした状況下、反米運動を展開する沖縄人民党のリーダーがどんな話をするのか、是非とも拝聴したかったのだろう。だが、一人で聞きに行くのは何かしら気が引けて、息子と連れ立って行ったのではないか。

二〇一七年、『米軍《アメリカ》が最も恐れた男　その名は、カメジロー』というドキュメンタリー映画が公開され、瀬長の名は本土でも知られるようになった。終戦直後、占領下の沖縄で初めて堂々と米軍にモノを言ったのが「伝説の男」瀬長亀次郎であった。

「地球の裏側から来たアメリカは、ぬするれいびんど（泥棒）だ！」

演説会には十万人を超える人びとが集まり、熱狂した。米軍はたまらずに亀次郎を逮捕し、宮古島の監獄に送るが奇跡的に生還した。その後、那覇市長に当選し、わずか一年で追放されたものの、一九七〇年に衆議院議員に当選、時の首相佐藤栄作と迫力満点の論戦を繰り広げた。

太平洋戦争末期、凄惨な地上戦を強いられた挙げ句、一般県民九万四千人を含む二十万人余の戦没者を出した沖縄。そして敗戦後、米軍に占領され、その支配下で息を呑むように暮らしてきた沖縄の人びとは、瀬長の演説に快哉を叫んだのである。

良信は「セナガ・カメジロー」の演説内容をまったく記憶していないが、演説が終わるやいなや、人びとからものすごい拍手があり、それにびっくりしたことは覚えている。そして、連れてきてくれた人に言った。

「演説した人って、立派な人なんだね」

「そうだとも、立派な人だ。だからみんなは、すごい拍手をしたんだ」

その人は答えた。そこで良信が「僕も、ああいう人になりたい」と言ったかどうかは定かではないが、もしも父親だったら、「話の内容は分からないのに、息子は何がしかの感銘を受けたのだ」と思って、連れてきた甲斐があったと喜んだであろう。どんな子に育つか分からないが、息子の未来に明るい希望を持ったのではないか。

その後、何年か経って、良信は学校で友だちにからかわれた。慣れない農作業がうまくいかずに囃し立てられたのだが、その場では苦しさに堪えた。しかし家に帰ると、我慢ができず、目の前にあったガラスケースを拳で叩き割ってしまった。

次々に昔の思い出が浮かび、浮かんでは消えていく。ひとつの思い出が新たな記憶を呼びさまし、その時の感情までもが蘇《よみがえ》ってくる。

テレビを通して世界を知る

どうやら抗癌剤が体に合わなかったらしく、良信の体が拒絶反応を起こした。極度の脱水症状に陥り、二か月半も長期入院を余儀なくされた。

やっとのことで退院できたが、体調は必ずしも良好とはいえなかった。最初の手術で入院してから一か月で退院した時には歩行に問題はなかったが、二回目の退院では車椅子に坐って家路に向かったのである。

最初の手術の時からずっと、沖縄から来て面倒を看てくれた妹の照美《てるみ》が、今回も引き続き看護に当たってくれると言った。しかし、沖縄の家を長期間留守にするわけにもいかず、結局、沖縄に帰ることになった。

そうなると、今後は別の手立てを考えなくてはいけない。そこへ、妹が熱海市に介護申請の手続きを行ない、介護サービスを受けられることになった。照美が手際よく対処してくれたおかげだと良信は感謝した。ヘルパーさんの時間は、一日一時間と決まっているが、日曜日を除き、週に六日来てくれるので相当に助かる。限られた時間内で、料理や家の掃除を手際よくやってくれるので、当初の心配は解消された。

退院直後は室内でも杖をついていたが、次第に杖なしでも歩けるようになり、歩行距離も延びていった。食欲も少しずつ回復したので、医師から言われたことを守り、食べ物もよく嚙んで食べるようになった。

二か月に一度は定期検診に行き、半年に一度はCT検査を受けた。手術後三年経つが、今のところ癌の転移はない。体調も良いので、この状態がずっと続いてほしいと願っている。

しかしそれはあくまでも願望であって、不安がないわけではない。心の中にはまだ多少の不安は抱えている。それというのも、良信の両親も癌を患い、それが転移して亡くなっているからだ。癌に罹《かか》った家族がいると、子どもはその体質を受け継ぐと言われるが、良信も時々そのことを考えてしまう。また、それだけではなく、良信が転移について不安なのは、自分の体が抗癌剤に拒否反応を示していることだ。良信の周囲に癌の手術を受けた人は大勢いるが、ほとんどの人が抗癌剤を服用しても拒否反応はない。

良信の執刀医は、抗癌剤の服用が原因で極度の脱水症状を引き起こし、回復するまで二か月半も再入院したことを知っている。そのこともあって、良信の体調が良くなり、二か月に一度検診に行っても、医師は抗癌剤の再服用を勧めてこない。良信のほうも体調が良くなっているので、服用に関しては相談していない。つまり、良信が抗癌剤に向いていないことを、両者とも知っているからだ。

「物事は万事、成るようにしかならない」とは思うものの、達観はしていない。一抹の不安をぬぐい去れないのは、転移の恐れに加えて、別の癌が発生することへの危惧だ。

抗癌剤は癌の転移の予防にも、新たな癌の発生の予防にもある程度効果がある。だが、その抗癌剤に対して、良信の体は拒否反応を示している。そうなると今度は、先行きが分からないのなら、いかなる事態になろうともうろたえずにいようと良信は考えている。悪性の癌だったら、手術はしないで安らかに死んでいけるのかどうか、その時に考え、決断しようと思っている。

差し当たっての問題は、「今をどう生きていくか」である。長年暮らしたアメリカから帰国し、終《つい》の住処《すみか》である熱海に住むようになった。これといった研究テーマもないし、新たに打ち込んでみようと考える対象もない。大切なパートナーだった妻を失った今、余暇をのんびり過ごそうと考え、そのように暮らしてきた。

こうした隠居生活で、良信が一番楽しみにしているのがテレビである。日本ではさまざまな番組が放送されているが、一番熱中して見ているのはスポーツ番組である。プロ野球や高校球児が躍動する甲子園大会、大相撲、サッカー、バレーボールなど、シーズンごとに行なわれるスポーツには事欠かない。最近では、東京オリンピックの競技大会に胸を高鳴らせ、画面越しに日本選手の活躍に拍手を送った。

もちろん楽しみはスポーツ番組だけではない。できるだけニュースや報道番組を見るように心がけている。世の中はどう動いているのか、国内だけではなく海外のニュースにも気を配りながら、日々変化する世界の動きに目を凝らすのである。

近年、とみに目を引くのが自然環境の変化から引き起こされる災害である。国内では、台風の接近などによって引き起こされる集中豪雨や、線状降水帯の発生による大雨の被害が多い。良信が住む熱海でも、伊豆山地区の逢初川《あいぞめがわ》で発生した大規模な土砂災害によって、たくさんの死亡者が出た。その被害の大きさに心を痛めるが、このような自然災害は世界の各地で発生していて、そのすさまじさに驚く。

また、豪雨ばかりか、海外では大規模な火災のニュースを目にする。アメリカの西海岸・カリフォルニア州での山火事は毎年のように起きる。また、ハワイ・マウイ島の火災も大々的に報道された。その他にもカナダ、ギリシャ、ポルトガル、チリなど各地では大規模な山火事が相次いで起こった。その原因は地球温暖化が最大の理由だろうが、落雷や放火などさまざまな原因もあるという。さらに悪いことには、シベリアやカナダ、北欧などの北方林にも山火事が発生していることだ。アメリカのシンクタンクによると、火災によって失われた面積を合計すると、一年で八百万ヘクタール、東京都のおよそ四十倍に相当するというから驚きだ。

世界の動向をニュース番組を通して見ていると、表面的な報道だけでは分からない事柄がたくさんある。真相はどうなのか、いろいろと疑問が出てくるのだ。しかし、テレビには真相を究明するための討論番組というものがあり、良信はそれもよく見る。毎回、テーマに即した専門分野の人たちが登場するが、氏名とともに肩書きが示されるので、どんなことを研究しているのかがひと目で分かる。

国会議員が討論に参加する時は、与党の議員の発言は政権を担っているがゆえに具体的で、実例を挙げるので説得力がある。それに対して、野党の議員は与党の発言への反論や矛盾点の追及に力点を置くので、視聴者の胸に響く言葉が少なく、どうしても勢いが弱い。

しかしそれでも、国会中継を見ていると、与党が引き起こした不祥事や怠慢、制度上の不備や経済的な不満などについて、野党は国会で鋭く追及する。当然、新聞紙上やテレビ報道でも厳しく叩く。担当大臣や首相の答弁次第では国民の反発が増大し、内閣の支持率も大幅に下降することになる。

こうした状況を見た野党は、「好機到来」とばかりに結束し、与党を追及して内閣を解散に追い込み、総選挙が実施される。ところが結果はどうだろう。野党の勢いが強そうに見えても、いざ蓋を開けてみると与党の勝利に終わり、政権は維持される。それまでと何も変わらないのだ。

それでも、野党が勝った時があった。第一次安倍内閣の時だ。あの頃の自民党は、「政治とカネ」の問題や失言で閣僚が次々と辞任するなど、お粗末な政権運営を露呈してしまった。そして、二〇〇九年の総選挙で民主党が三百議席超の圧勝を収め、政権交代が実現した。

民主党党首が首相に就任し、当初は支持率が七割という驚異的な数字であったが、わずか一年足らずで二割にまで急落してしまった。民主党は「政権交代」という目標しか持たず、マクロ経済政策の何たるかを理解していなかったことが理由である。政権交代後、民主党の首相が政策の実務面を省庁横断で調整する事務次官会議を廃止し、官僚の仕事を自分たちで行なおうとした結果、霞が関のルーティンが大混乱に陥ったからだ。結果、再び官僚に依存せざるを得ず、あっと言う間に国民から見離されてしまった。

野党の政権が長く続かなかった大きな原因は、この他にもある。最大の理由は、東日本大震災に見舞われたことである。未曾有の国難をどう乗り越えるかに際し、自民党との連合も模索してみたが、不調に終わってしまった。

そうなると、野党だけで国難に立ち向かわねばならないが、肝心の人材が不足していた。それを見た自民党はすかさず総選挙を挑み、それに応じた野党政権を打倒した。以後、今日まで自民党の長期政権が続いている。

これは、自民党がずっと善政を続けてきたからではない。政権運営に当たっては毎年、問題点が出てきて、野党はそれを目敏《めざと》く追及、総選挙の争点として手応えありと判断し、決戦に追い込む。ところが、またしても惨敗を喫してしまう。どうして野党は総選挙に弱いのだろうか。それは至極簡単なことで、野党間で共闘ができていないからだ。では、どうしてそれができないか。それは、野党間における葛藤が強いからだ。他党との違いにばかりこだわるので、いざという段になってまとまらず、力強い共闘ができないのである。

その点、自民党は一つの党だから、派閥間の相違はあっても、いざ総選挙となれば一丸となって結束を固め、野党と闘うことができる。結果、首相は組閣に当たり、派閥間の力関係に考慮して、閣僚を振り分ける。

派閥の存在は、自民党内では障害にはならず、野党との闘いにおいては結束を促す役目を果たすのだ。自分の派閥から閣僚のポストを選んでもらおうと、選挙に協力すれば、その可能性も高まる。だからこそ、他の派閥の候補者の応援にも駆けつける。このように、政府がよほどの失策や堕落を露呈しない限り、野党は総選挙で与党に勝てないだろう。

それでは、一人勝ちの自民党に弱点はないのだろうか。良信がそんなことを考えていると、自民党に関連する重大問題が浮上してきた。それは元首相の死後に露わになったものだが、某宗教団体と自民党議員との長年にわたる癒着の構造である。マスコミからは次々と信じられないニュースが報道され、良信も怒りを感じたものだった。

問題はこれだけではない。野党側の機関紙によって暴露された政治資金問題、いわゆる「裏金」問題が追い討ちをかけるように報じられ、自民党は窮地に立たされている。真相はいまだに判然としないが、長らく政権を担ってきた気の緩みだと指摘されても仕方あるまい。国会中継での与党の答弁も歯切れが悪く、劣勢なのは否めない。これらの問題がどう推移し、果たして政権交代に繋がるのか、良信にとっても興味津々だった。

これまでにも何度か、政策論争で与党に勝ち目がなくても、野党が勝利できなかった理由の一つは、自民党には強い支持層があるからだ。

そのことは政党支持率を見れば分かる。二〇二三年九月、ある放送局が実施した調査では、自民党が三四・一パーセント、立憲民主党が四・〇パーセント、日本維新の会が五・八パーセント、公明党が二・二パーセント、共産党が二・三パーセント、国民民主党が一・九パーセント、れいわ新選組が〇・九パーセント、社民党が〇・四パーセントで、特に支持している政党はないが四二・八パーセントでもっとも多い。

これで分かることは、自民党が三〇パーセントを超えているが、野党各党は五パーセント前後で、野党全部を併せても二〇パーセントに達していないという事実だ。

しかし、驚くべきは、「支持する政党はない」という回答が四〇パーセントを超え、一番多いことである。これは、日本国民の多くは政治に関心がないことを示している。

野党はこのことに着目して、政権与党の行政執行の弱点を攻撃すれば、総選挙で浮動票を獲得できると期待感を持つようだが、浮動票は分散するし、投票に行かない人もいるので、思惑どおりにはならない。だが、こうした現状が宗教団体との癒着問題や裏金問題の余波で覆《くつがえ》るのか、注目したい。

良信はかねてより、どうして日本の野党が連合して対抗しないのか、考えてみたことがある。総選挙において、自民党は巨大な一つの党なのに対し、野党はいくつかの党に分かれ、しかもそれぞれの勢力は弱い。だから、弱小な党が乱立すればするほど得票が割れて、特に小選挙区では勝ち目は低い。自民党と互角に闘うには、野党は連合、あるいは協力をして一致団結して当たらなければ勝ち目はない。

それが分かっていながら、野党は決して連合しない。どうしてなのか。それは、自党と他党との違いにこだわり、歩み寄って調整しようとしないからだ。

野党の上層部には優秀な人材が多く、他党との違いを明確に理解している。党首に選ばれた者は、そうした考えを忠実に守って党をリードしていくので、そう簡単には他党との協調が図れない。例えば、立憲民主党と国民民主党は、元は一つの民進党であった。かつて、東京都の女性知事が国政に乗り出す際、民進党の党首は、都知事が代表を務めていた希望の党と合流しようとした。だがその時、女性知事は民進党の議員を篩《ふるい》にかけ、安保政策や憲法観の一致しない民進党の左派系議員を「排除」する意向を示したのである。

また、彼女は改憲に積極的であった。そこで、民進党の左派系議員は合流を断念し、後に立憲民主党を立ち上げることになった。

野党が大連合を目指す時、主義主張にこだわって篩にかけるというやり方では、人は結びつかない。清濁併せ呑む方法で進んでいかなければ、ブレークスルーは実現できない。

マンションにある温泉は午後の四時にスタートするので、良信は一番に入浴することが多い。このマンションはもともとリゾート用に建てられたものなので、常住の居住者は少なく、良信が入室して浴室を出るまで、次の入浴者に出会うことは滅多にない。ほとんどの日は貸し切り状態なので、そういう時にはぼんやりとしながら思いに耽《ふけ》る。浴槽に肩までどっぷり浸かり、近くに見える初島や、遠くに見える伊豆大島を眺めながら、来し方行く末を思う。また、さまざまなスポーツに関することや、先ほどまで見ていた国会中継のことなどにも思いを巡らせるのであった。

政治とスポーツ

良信は、その時々のトピックに対して世の中がどう動いていくかに関心があるので、ニュース番組をよく見る。

少し前は、新型コロナウイルスの蔓延問題があった。まさか三年も続くとは思わなかったが、まだまだ油断はできない。流行し始めた当初、世界中がパニックとなって、連日連夜、マスコミによる報道は熾烈《しれつ》を極めた。テレビのどのチャンネルを回しても、専門家と称する人びとが大挙して出演、視聴者は固唾《かたず》を呑んで右往左往していた。そして今度はロシアによるウクライナ侵攻が起こり、さらにはイスラエルにおけるジェノサイドが焦眉の問題として注目を集める。

ひるがえって国内に目を転ずれば、物価の高騰である。給与は二十年間上がらず、むしろ下がっているのに、あらゆるモノの値段が上昇している。こうした実態について、経済専門家をはじめ、さまざまな立場からの発言があるが、いくら分析しても実際に所得が上がらなければ何の意味も持たないだろう。

また、良信はテレビのスポーツ番組もよく見る。オリンピックが開催されれば、期間中はテレビの前に釘付けになる。事前に日本選手が登場する種目の放送日程もチェックしている。また、年に六回開催される大相撲も大ファンで、奇数月の第二日曜日から始まる次の場所が待ち遠しい。好きな力士も数人いるが、その日の勝敗に一喜一憂する。贔屓《ひいき》の力士が千秋楽まで勝ち残り、優勝決定戦を戦う時など、手に汗を握って観戦する。こちらも必死になって応援している。

先立って、地元出身の熱海富士が、秋場所の千秋楽まで勝ち残った。しかも、最終日に勝てば優勝、負けても同率対決ということになった。結果、熱海富士は二番とも負けて、敢闘賞を受賞した。

後日、良信は土井と温泉で一緒になった。土井は熱海出身で、熱海富士は中学の後輩とのことである。

良信が土井に言った。

「優勝決定戦の対決で、大関の貴景勝が立ち合いで横に変化したでしょう。伊勢ヶ濱親方は、熱海富士に、変化には気をつけろと言うべきでしたね」

すると、土井は答えた。

「いや、あれでいいんです。力いっぱい、思いきりぶつかれ、でいいんです。親方は熱海富士の優勝よりも、彼の将来における大成を願っているのです。立派な親方です」

良信は土井の見識に頭が下がる思いだった。

それでは、日本のプロ野球で好きなチームはあるかと問われれば、今のところわざわざ球場に足を運んでまで観戦したいという気にはならない。それに比べて土井のほうは横浜が大好きで、シーズン中に連勝が続くと矢も盾もたまらず新幹線に乗って横浜の球場まで行って観戦するという。温泉で土井と一緒になると良信は必ず横浜の話に水を向けて、彼の話に乗ってあげる。応援するチームが勝利するのは、ファンとしてはこれ以上の喜びはない。だからその時の気分を今一度思い出させ、喜ぶ姿を見るのは楽しい。

一方、同じ野球でもほとんど毎朝のように報道されるのは、アメリカのメジャーリーグ（MLB）で投手と打者の両方で大活躍する日本人の二刀流選手のことである。その活躍ぶりは、それまで野球になどまったく興味を示さなかった人たちをも魅了し、一般のニュース番組でも取り上げられるようになった。そのフィーバーぶりはますます過熱し、一挙手一投足にまで話題が及び、今やアイドル的存在になったと言っても過言ではない。

良信が驚くのは、こうした現象は日本だけに限ったことではなく、野球の本場アメリカでも同様という点だ。アメリカの野球ファンは地元のチームへの愛が強く、熱狂的なファンが多い。しかし彼の場合、敵地の球場でも人気が高く、相手チームの選手がサインを求めることもあるという。さらにはマスコミをも巻き込んだ熱狂ぶりは日ごとに高まり、彼にまつわることなら、どんなに些細なことでもたちまちニュースとなる。これほどまでに人気が高い理由について、良信は考えたことがあった。最大の理由は、とにかく彼は野球が好きで、自分のプレーを高めるためにいかなる努力も惜しまず、努力を続ける姿勢にあると思う。しばしば指摘されるように、彼は「永遠の野球少年」なのだ。そういったひたむきさと愛らしい風貌、さらには相手選手や監督、審判にもリスペクトを怠らない振る舞いが共感を呼ぶのだろう。

二〇二一年、彼はアメリカンリーグの最優秀選手（ＭＶＰ）に選ばれた。しかし、翌年には、見事な成績を残して有力候補になったものの、ヤンキースの選手に奪われてしまった。それは、ヤンキースの選手が放ったホームラン数六十二本が、これまでのアメリカンリーグ記録を塗り替えたのが最大の理由であった。

二〇二三年は再度、二刀流選手がアメリカンリーグのＭＶＰに輝くであろうと予想され、日本国中が発表を待ち望んだ。それまでは、日本人を含む東洋人がホームラン王を獲ることなど誰も考えなかった。しかし彼は四十四本の本塁打を打ち、初のホームラン王を獲得した。体の故障によって十月は全試合を休んだにもかかわらず、二番手の選手は彼のホームラン数には遠く及ばなかったのだ。投手としては十勝を挙げ、盗塁だって二十を記録する活躍をしたのだから、ＭＶＰを獲るのは当然だろう。

ＭＶＰの発表は、日本時間の十一月十七日午前八時であった。これは全米野球記者協会に所属する三十人の記者による投票で決まるが、彼は満票での選出であった。満票で二度目のＭＶＰ受賞選手は初めてのことで、もはやベーブ・ルースを超えた希有《けう》の存在となった。

二刀流フィーバーは日本の他のスポーツにも波及していた。空前絶後の大活躍によって巻き起こった熱気が、日本のスポーツ界全体を包み込み、さまざまな種目での活躍が目立った。男子のバスケットボールもそうだ。「ＦＩＢＡバスケットボール・ワールドカップ２０２３」の順位決定戦で、日本代表は最終戦で勝利し、アジア勢最高位となる十九位が確定した。これにより、悲願だった「パリ２０２４オリンピック」の出場権を獲得したのだ。自力でのオリンピック出場は四十八年ぶりだそうだ。

さらに、男子バレーボールもすばらしい活躍ぶりを示した。十月七日、パリオリンピック予選東京大会は国立代々木競技場で第六戦が行なわれた。世界ランキング四位の日本は、一敗で並んでいた世界七位のスロベニアにストレート勝ちし、対戦成績を五勝一敗としてグループ二位以内を確定。開催国枠で出場した東京五輪に続く二大会連続であったが、自力での獲得は二〇〇八年北京大会以来の快挙であった。

二〇二三年のスポーツ界では、日本人選手の活躍が目覚ましかったが、その中でも国民を熱狂の渦に巻き込み、最高の盛り上がりを見せたのは、三月から行なわれた「2023ワールド・ベースボール・クラシック」(WBC)であろう。東京ドームで始まった一次ラウンドプールBの日本は四戦全勝し、同球場で行なわれた準々決勝でイタリアを下した後、決勝ラウンドを戦うべくフロリダ州マイアミへと移動した。メキシコとの準決勝では六対五で逆転勝ちし、アメリカとの決勝戦に臨んだ。今回のアメリカは多くのメジャーリーガーを擁し、優勝への本気度が伝わってくる強豪チームだった。

決戦当日、試合開始前のミーティングで二刀流の彼が全選手に向かって檄を飛ばし、奮起を促した。

「相手はメジャーリーグの有名選手揃いで、野球をやっている者なら誰もが憧れる選手ばかりです。でも、僕らは今日、彼らを超えてトップに立つためここへ来ました。今日だけは、憧れるのをやめましょう」

そう言って皆を鼓舞したのであった。

この言葉は、今から百十九年前、日露戦争における歴史的な名言を想起させる。一九〇五年五月二十七日、日本海軍がロシアのバルチック艦隊を対馬沖で迎え撃つ際、連合艦隊参謀秋山真之《さねゆき》が全軍の士気を鼓舞するために「皇国の興廃この一戦に在り、各員一層奮励努力せよ」との意の旗を掲げて全軍を奮い立たせ、大勝利に導いた有名な訓示のことだ。

近代化を成し遂げて日も浅い極東の島国日本。そんな弱小国家が、強大なロシア帝国に勝利することなどあり得ない。当時、世界各国はそう考えていた。しかし結果は違った。

ＷＢＣの決勝戦は、日本時間午前八時二十分過ぎに始まったが、予想に違《たが》わず白熱した好ゲームとなった。一点を先制された日本は二回裏にホームランで追いつき、さらに一点取って逆転した。そして四回には一点を加えて二点リードしたが、八回に一点返され、一点差で最終回を迎えたのである。そしてマウンドに上がったピッチャーは、あの二刀流選手であった。

二アウトまで漕ぎ着け、迎えるバッターはアメリカチームのキャプテンであった。二刀流選手がＭＬＢで所属するチームの同僚で、しかもリーグを代表するホームランバッターである。日本チームの中にも、彼に憧れを持つ選手が多い強打者なのだ。もしも彼にホームランを打たれればたちまち同点、優勝の行方は分からなくなる。まさに観る者すべてが手に汗を握る場面だ。

一球目は変化球でボール、二球目はストレートで空振り。三球目はボール、四球目は空振り、五球目はボールとなって、六球目となった。息詰まる対決の中、アウトコースに投じられた変化球に、打者のバットは空を切った。日本チームの優勝の瞬間であった。

三振を奪った瞬間、二刀流選手は帽子とグローブを投げ捨て、身体全体で喜びを表現した。グラウンドの選手もベンチにいる選手やスタッフも、全員がマウンドに駆け寄り、歓喜の輪をつくった。もちろん彼は、最高殊勲選手に選ばれた。

その後、ＭＬＢが開幕した当初、ＷＢＣで蓄積された疲労が心配されたが、二刀流選手は活躍を続けた。日本のテレビや新聞は彼のニュースを毎日報道し、彼の名前を知らない日本国民は一人もいないのではと感じられるほど、身近なものとなった。

アメリカ本国でも彼の快進撃は大々的に報道された。対戦する相手チームのファンも、彼に声援を送り、彼の背番号入りのユニフォームや関連グッズも飛ぶように売れた。野球を愛するアメリカ人も、すっかり二刀流フィーバーの渦中にいる様子であった。

良信は今、仕事に就いていないので、テレビを見たり食事をした後、夜になって眠くなると、何もしないで寝てしまう。癌による闘病生活を経て、健康には人一倍気をつけているので、決して無理はしないように努めているからだ。傍から見れば「のんべんだらり」とした生活を送っているわけだが、そうした日常の中でふと立ち止まる時がある。

そんな時になぜか、妙なことが脳裏に浮かぶのだ。日本の政治の現状、とりわけ「保守強大、野党薄弱」といった現状と、二刀流選手のすばらしい活躍ぶりとが交互にイメージされ、政治とスポーツとの隔たりの大きさを考えてしまう。この二つはどうしてこうも違う分野なのか、どこか融合する点はないのかといったおかしな疑問を持ってしまうのだ。

裏と表のある政治に対し、心身を鍛錬して勝負に邁進《まいしん》するスポーツ。この二つは相反する分野なので、交じり合うことなどない。こうした固定観念が良信の頭には定着していて、そのイメージから脱却することができないでいた。

ある日、良信は早目に浴室に来て、着ているものを脱ぎながら外を見た。その日は曇り空で、窓の向こうに電柱が見えた。太い電線が下に向かって何本も伸びている。ふと目を凝らすと、一本の電線の中ほどに、何か黒いものが二つ並んで見えた。別の電線に目を遣ると、それより少し上にもう一つ、合わせて三つ、良信の目に入った。

何だろう、黒いごみなのか。それとも小さい鳥でもいるのだろうか。しかし、三つの黒いものは小刻みに揺れている。外は風が強く、そのせいで揺れているのかもしれない。マンションは高い場所に建っているので、浴室から見ると、下のほうに木々が立っているのが見え、葉っぱが小さく揺れていた。

良信は電柱の黒い小さなものを見つめ続けた。わりと長い時間見ていたが、それ以上の動きがないので、もう見るのはよそうと思った。その瞬間、黒いものの一つが電柱から離れ、空中に黒い弧を描いて飛び去っていった。

残された二つは、その後も動かなかった。三つのうちの一つが鳥だったのだ。黒い点の一つが鳥だと分かると、良信の気持ちはようやく落ち着いた。鳥の動きはごく自然なものだったが、良信の脳裏に一つの閃《ひらめ》きが走った。「ああ、動いた。鳥だ」とびっくりした拍子に、良信の脳は激しく揺さぶられたのだ。

良信はその瞬間、野党の弱さと二刀流選手の類《たぐい》まれなる偉大さとを結び付けることができるのではないかと考えた。野党の弱さは、二刀流選手と結びつくことによって、強い政党になれるのではないかと夢想したのだ。

良信は早い時間帯に浴室に入ったので、他には誰もいない。だから一人で、湯舟に長く浸かって、さっき頭に浮かんだことを考えていた。するとだんだん、先ほど閃いた夢想はいつか実現するかもしれないと思い始め、次第に期待のようなものが膨《ふく》らんでいった。思いきり夢想を楽しんでから、良信は浴室を出た。自宅に戻る時も、感動した映画を観た後のような感動と余韻にひたっていた。

しかし、事はそう簡単ではない。良信は日本の野党と二刀流選手との結び付きを夢想したものの、具体的にどう結んでいくかについての名案はなかなか浮かんでこない。そこで、両者の現在の出発点から考えを進めていった。まず、野党の現状は、いくつもの政党に分かれ、結束力がないことが問題である。与党の自民党は強大なのに、野党各党は弱い。総選挙になると、野党が束になっても自民党にかなわない。

二刀流選手はメジャーリーグで大活躍している。しかも今年は同じ地域の常勝球団と十年契約、日本円にして一千億円以上という巨額の契約金で合意した。その後、さらに五年契約を結び、その球団で選手としてのキャリアを終えることも考えられる。ということは、彼の健康状態がずっと良好で、今のような活躍が続けられれば、十年後もしくはそれ以降も、野党との間に接点ができる可能性が高い。

しかし、十年以上先のことだから今からスタートするのは早すぎると、のんびり構えるのも賢いとは言えない。途方もなく大きな存在の二刀流選手をこちらの陣営に引き寄せるのは、至難の業《わざ》なのだ。遠大な計画を根気よく慎重に続けていかなければならない。

スポーツ選手の中で多大な功績のあった人に、政府が国民栄誉賞を与える例はこれまでに何度もあった。国内で活躍をした人ばかりでなく、長年、海外で活躍をした人が受賞することもある。しかし、日本には帰らず、自分が活躍した国に留まり、関連した仕事に就いた人も存在する。それを考えると、二刀流選手が選手としての活動を終えた時、アメリカに残留してほしいと願う人びとはたくさんいるだろうから、そうならないように今から手を打っておく必要があると良信は考えている。

野党各党の幹部が何人か集まり、食事を共にする機会があるとしよう。少し酒も入り、「野党同士が結党し、二刀流選手を我が陣営に迎え入れることができたら最高だね」と誰かが軽い気持ちで口にしたと仮定する。それがきっかけとなり、野党間に少しずつその考えが浸透、次第に機運が盛り上がっていくことが一番望ましい形であろう。

そうなると、二刀流選手は東北の出身だから、幹部が渡米して話し合うよりも、一年に一人でもいいから東北出身の国会議員がアメリカに行き、彼に直接会って話すほうが効果的ではないか。最初の面会では政治の話など一切しないで、東北の人びとは皆、あなたの活躍に熱狂し、心から活躍を祈っていると伝える。そしてその後、政治の分かりやすい入門書を渡しながら立ち去る。是非読んで下さい、などとは言わずにただ置いていくだけでいい。すると選手は、いかにも議員さんらしいやり方だなあと感じ、さほど気には留めずにその本を受け取るだろう。

次の年になったら別の東北出身議員が訪問し、政治もしくは経済の入門書を置いていく。こうやってわずかながらも繋がりを続け、二刀流選手に対する東北の熱い思いを伝え続ける。

その間、野党同士は秘密裏に話し合いを設け、彼がメジャーリーグ引退後、何としても野党陣営へ参加してもらえるよう、将来へ向けての夢を持ちながら、野党各党の課題として国民が抱えている諸問題にどう対応するかを協議していく。

二〇二〇年から始まった新型コロナによるパニックでは、我が国だけの問題ではなく、全世界がその対応に躍起となった。連日のごとく、各県別の感染者数が報道され、国民は感染予防に一心不乱となり、マスクの不足やワクチン接種の遅れに不安を感じた。政府はその対策を打ち出し、野党がそのやり方の是非を国会で追及した。

コロナウイルスの感染はまだ完全に終わったわけではないが、目下の課題は物価の高騰である。しかし政府が有効な対策を打ち出せずにいる間、政権与党が抱える問題が明るみに出て、国民からもそっぽを向かれている。長年にわたって政権運営をしてきた奢《おご》りと油断が露呈した結果だ。

一方、国際問題も危機的状況に直面している。第二次世界大戦終息後も、戦争や紛争は世界各地でたびたび起こったが、その規模は比較的小さく限定的であった。しかし、ロシアによるウクライナ侵攻によって、大規模な戦闘が繰り広げられ、一般市民の死者数も甚大に上る。アメリカやEU諸国によるさまざまな支援がなければ、圧倒的軍備を誇るロシアに対抗できなかったが、西側諸国からの武器援助で抵抗は継続されている。

こうした状況下、今度はパレスチナ問題が発生した。発端はイスラム組織ハマスによるイスラエルへのロケット弾などによる攻撃で、多数の死者を出し、人質を取った。それに対してイスラエルは、ハマスへの殲滅作戦を行い、パレスチナの死者数は三万五千人を超え、その中には多数の子どもも含まれている。この問題が今後どうなっていくか、世界は憂慮しているが、長年に及ぶイスラエルとパレスチナの確執はそう簡単には解決できそうにない。

グローバル経済が世界の隅々にまで及んでいる今、あらゆる国際問題は即日本にも多大な影響を与える。万が一「対岸の火事」などと考えていたら、世界中から軽蔑されるだろう。こうした内外の問題に対して、野党は政府のやり方をしっかり監視し、建設的な意見を発しなければいけない。野党は政権を担ってはいないが、政府に対して監視の役割を果たさなければ存在価値はない。いかに真摯に問題に取り組んでいるのか、次の総選挙で国民からの審判を受ける。

良信は最近、野党の中では日本維新の会に注目している。行政改革や憲法改正、規制改革、機会平等、地方分権などを政策に掲げる保守政党だが、元は大阪府の地域政党・大阪維新の会を母体としている。民主党との合流に前向きな議員に反対し、離党した国会議員や首長らによって「おおさか維新の会」として結成され、その後、現在の党名に変更された。白公連立政権に対しては是々非々の立場を取っており、そのため立憲民主党をはじめとする野党共闘とは距離を置いているので、他の野党を批判することも多い。

維新の会の活動は大阪を中心に行なわれてきた。住民から高い支持を得ているのは、地方自治のやり方がうまいからである。住民全般に恩恵が行くような気の配り方をしているのがその理由だ。次の総選挙では立憲民主党を追い越し、野党第一党になるという予想もある。

その勢いは大阪を中心に周辺地域にも広がっている。前の参院選挙で、京都選挙区の立候補者間の闘いは熾烈だった。いつも当選している松下政経塾出身の元証券マンが、大苦戦を強いられたのである。維新から出馬した立候補者は党の幹部の応援を受け、元証券マンはあわや落選という瀬戸際まで追いつめられた。

現在、維新の会の目標は野党第一党になることだが、その先、何を目指すかが問題だ。今のところ、大阪を中心に勢力範囲を拡大しているが、全国制覇にまで発展するかどうかだ。

かつて野党が自民党を打ち破り、政権を樹立した時がある。東日本大震災の前、第一次安倍内閣から与党が弱体化し、野党の民主党が政権を奪った。あの時のような勢いにまで成長できるかどうか、楽しみでもある。

良信の見解ではさらなる発展の可能性があり、野党第一党にはなるが、単独で自民党を打ち破るほど強大にはならないと考えている。では、単独で駄目なら野党が連合すればいいのだが、それも無理だと思っている。その理由は、今の自民党はかつて民主党に敗れた時ほどは弱体化していないし、人材も豊富にいるからである。

しかし、ここへ来て風向きが変わってきた。長年くすぶっていた特定宗教団体との癒着問題である。皮肉なことに、これは安倍元首相の暗殺問題から端を発した出来事で、あの事件がなかったらここまで明るみに出なかったかもしれない。さらに悪いことには、政治資金問題における疑惑が浮上、キックバックによる裏金問題にまで発展し、政権の支持率は大幅に下落している。

自民党はここまで、かつての敗北に懲りて、党内に問題は抱えていても、総選挙という大事な時には党が結束して対処してきた。けれどさすがに今回は政権を揺るがすほどの大問題となっている。これに乗じて野党はどれだけ国民の支持を取り付け、政権奪取を実現できるだろうか。

野党側が二刀流選手を迎えるに当たって、次なる動きは何であるか。良信はこれを考えている。彼が契約の五年目か六年目を終えた頃には、野党連合の動きに着手したほうがいい。それは、彼が契約の十年目に入るまでに、野党連合として自民党と闘って結果を出したいのだ。おそらく野党連合は自民党に負けて、野党連合の党首はアメリカに行き、そのことを彼に知らせる必要がある。

野党連合の気運が高まり、野党全体がその方向に動いていく時、そのリーダーが必要となるだろう。野党連合が確定した暁には、党首が必要となる。各野党の幹部の中から選ばれてもいいし、外部から招いてもいい。ということは、野党連合の動きの中でリーダーがいたとすれば、その人が党首になってもいいし、野党連合が正式に発足する時、党首を外部から招いてもいいということである。

良信の頭の中では、野党連合の党首として、大阪で新党を立ち上げて政界に新風を吹かせた、舌鋒鋭い元大阪府知事を選ぶだろう。彼は現在、政界から身を引いて弁護士や政治評論家として活躍しているが、ひと昔前に「大阪都構想」を掲げ、府民にその是非を問うた。結果、僅差で否決されて、政界から身を引いた。

しかし彼は、質問のポイントをしっかりと掴み、意見を上手にまとめて発言する。弁舌は爽やかで流暢《りゅうちょう》でもある。自分の考えを隠さずにはっきり言うので、聞いていてスカッとする。

毎週日曜日の午後に放映されるテレビ討論番組がある。最新のニュースの中から、もっとも注目を集める時事問題を取り上げ、大学や研究機関で研究を続ける専門家、あるいはマスメディアの最前線で情報収集に当たる者たちを招き、討論させるのである。良信はその番組が好きで、なるべく見るようにしている。

昨年の六月の終わりか七月の初めの頃、その番組において、さまざまな項目を挙げてランク付けするコーナーがあり、時事問題や社会問題のコメンテーターのランキングで一位に選ばれたのが元大阪府知事であった。

ちなみに、女性でトップに選ばれたのは、東大の法学部を首席で卒業し、ニューヨーク州の弁護士資格を持つ才媛だった。彼女は卒業後、財務省に入省し、今はフリーとして大学でも教えているようだ。良信もその結果には賛成だった。

さらにもう一つ付け加えると、この半年間で心に残った有名人の発言やスピーチのランキングもあったが、これは言うまでもなく先に挙げた二刀流選手のスピーチで、良信も大いに喜んだ。

突飛なアイディア

先に触れたように、元府知事と二刀流選手は、項目こそ違えど一位になり、良信は大いに喜んだ。しかし、二者を結び付けるにはいくつかの過程が必要となるわけで、そこからスタートしなければならない。

与党自民党は強力で、野党の結束なしには総選挙での勝ち目はない。だからこそ、野党連合の必要性があるのだ。しかし、それで頑張っても、相手が強力だと歯が立たないこともある。そこで必要になるのが強力な援軍である。政治の経験はまったくないが、国民の英雄的存在であり、日本の政治家が束になってもかなわない人気を誇る人物を味方にするのだ。それは誰かと言えば、あの二刀流選手である。日本ばかりか、アメリカでもナンバーワンとなった実力は絶大で、若くしてレジェンドの域に達している。あまりにも大きな存在なので、いきなり野党連合への協力をお願いしても、あっさり断られてしまうだろう。それでは、いつ誰がアメリカに行けば、彼を口説き落とすことができるだろうか。

可能なら彼が契約の十年目に入る前に、野党連合の党首がアメリカに行き、会談を持つほうがいい。はじめの会談はとても大切なので、慎重に選ばなければならない。そこで良信は、元大阪府知事が適任だと考えた。

元府知事は話上手である。テレビ番組のコメンテーターとして一位に選ばれることを見ても、好感度も高い。では、二刀流選手が元府知事に会って、どういう印象を持つだろうか。また同時に大切なことは、元府知事の人柄がどう二刀流選手に伝わるかにかかっている。

元府知事が現職の時、当時の東京都知事、石原慎太郎氏と仲が良かった。いくたびか会話を重ねるうちに意気投合し、一時は石原氏と元府知事が日本維新の会の共同代表になったほどだ。その後二人は袂《たもと》を分かつが、気難しい無頼派の都知事を引き寄せるだけの魅力が元府知事にはあった。

元府知事はまた、亡き安倍晋三氏や当時の官房長官とも仲が良かった。食事もよく共にし、話が弾んだという。お互いストレートにものを言うし、気が合ったのだろう。石原氏と元府知事のよく似たところは、二人とも子どもがたくさんいて、両者ともしっかり家族を守っている点だ。安倍氏のほうは子宝には恵まれなかったが、細君を愛し、家庭を立派に守った。三者に共通するのは、きちんとした家庭を土台にして、外での政治活動を見事に展開したことだ。

野党連合が結成されて正式の党首を決める時、野党各党が現役議員から選ばず、かつて政治の場に身を置き、豊富な経験を持つ人物に狙いを定めるとする。その交渉役として、野党連合の代表が元府知事に会いに行くとすれば、相手はどう考えるだろう。

これはまさに中国の三国時代、劉備が諸葛孔明を訪れ、参謀としての出仕を懇請した「三顧《さんこ》の礼」を連想させる。これにより元府知事は心が高ぶり、快く引き受けてくれると良信は期待している。

かくして野党連合の党首となった元府知事が、今度は二刀流選手に会うためアメリカへ出かけ、自陣への参加を呼びかける。元府知事が野党連合の党首として渡米する頃には、おそらく二刀流選手は素敵な伴侶と共にすばらしい家庭を築いていることだろう。それゆえに、家庭をしっかり守り、政治に打ち込んでいる元府知事には親しみを感じ、はるばる日本から来た元府知事の言葉にも真剣に耳を傾け、何がしかの賛意を表すのではなかろうか。

しかし、政治参加を実現させることはそう簡単ではない。これまでとはまったく別の世界へ身を置くことになるのだから、あらゆる方面から考えを巡らせ、慎重にならざるを得ない。元府知事のことだから、そのような意見が出るのは承知していて、しっかりと案を練ってから有効な戦術をもって面談に臨むだろう。

良信の思惑どおり、二刀流選手が野党連合の陣営に加わるとしても、それはずっと後のことになるだろう。今二十九歳とすると、チームと契約が終わる十年後は三十九歳、さらに五年間契約を延長したら四十四歳となる。

しかし、二刀流選手が現役生活を終えてから野党陣営への参加を呼びかけても、それは遅い。十年契約の最終年に入る前に話を持っていくほうがいい。

では、初対面で元府知事は二刀流選手にどう話を進めていくか。こちらの考えをきちんとまとめて話すというより、誰でも分かっていることを丁寧に話し、その後、二刀流選手の質問に詳しく丁寧に説明をしていく。このような会話形式の会談にするほうが円滑なコミュニケーションが取れると、良信は考えている。

元府知事は二刀流選手に次のように話す。

――日本には自民党という強力な政党があって、長期間政権を担ってきた。その一方、野党は数こそ多いが、与党と比較して組織も政治資金も脆弱《ぜいじゃく》な上に、各党が結束して対抗することができない。その結果、総選挙では自民党がいつも勝利を収める。野党側の当選議員数を全部併せても、自民党には及ばないからだ。こんなことでは政治は硬直し、野党が改革案を出しても国会審議で否決され、独裁的な風潮が高まってしまう。

アメリカでは民主党と共和党の二大政党が鎬《しのぎ》を削りながら、しばしば政権が交替する。政権が変わると、良くも悪くも状況が変化するので、政治家は国内外の情勢を睨《にら》みながら、国民の賛同を得られる政策を実施すべく努力している。

だからそろそろ、日本でも政権を交代して新風を吹き込みたいと考えている。そこで強い自民党政権を打倒するために野党は連合することになった。しかし、私が党首になって総選挙に臨んだが、結果は敗北してしまった。前回、野党がバラバラに闘った時より、国会議員の数は多くなったが、自民党には及ばなかった。

そこで、日本国民に一番人気のあるあなたに、野党連合の一員になっていただくべく、参上した。そうなれば、若い有権者も投票に行き、投票率が大幅に上がって、野党が勝利する確率は格段に上がるだろう。もちろん今すぐにというのではなく、あなたの野球生活が終了したらで結構――。

元府知事が日本の政治状況やより良い政治を目指す考えを分かりやすく説明すれば、二刀流選手の気持ちも楽になり、さまざまな質問を返してくるだろう。

「私があなたの党に加わったら、私はどういうことをするのですか」

その質問に対し、元府知事はこのように答えるのではないか。

「次の総選挙では、あなたの地元から立候補していただきます。そのためにはどうすればよいのか、すべて先輩議員が教えてくれます。そして、政治、経済に関する初歩的な本を読むといいでしょう。総選挙がスタートすると、自分の選挙区で運動するだけでなく、他の候補者の応援にも駆けつけて演説することもあります。期間中は、いろいろ飛び回っていただくことになるでしょう。

でも、そんなに難しく考える必要はありません。どうぞよろしくと言って、候補者の手を取り、聴衆に向かってお辞儀をすれば、それだけで力強い応援になり、雰囲気も盛り上がって効果は絶大です。党首としての私が応援するよりも何倍ものパワーがあるので、多くの票を獲得することになります」

説明を聞きながら二刀流選手は、自分を買いかぶっているのだろうと、最初のうちは半信半疑だが、元府知事の情熱あふれる言葉に耳を傾けていると、だんだんと気持ちが昂ぶってきて、笑顔を見せるだろう。

次の質問はおそらく、このようなものだろう。

「もし、野党連合が選挙に勝って政権を取ったら、私はどういうことをするのですか」

元府知事の答えはたぶん、こうであろう。

「国会議員として働くことになります。常識的に考えれば、首相の仕事はどんなものかを学ぶために、首相補佐官になっていただくでしょう。少し前の話になりますが、二〇〇二年、拉致被害者救済のために、突如、北朝鮮に行って最高指導者の金正日を訪問した首相がいました。これによって、拉致被害者のうち五名が帰国を果たしましたが、その時、補佐官として同行したのが、安倍晋三氏です。こうやって当時の首相から政治のノウハウを学び、後に安倍氏も首相になりました。しかしあの時、安倍氏は平の補佐官ではなく、官房副長官の肩書きがありました。その職務は内閣の仕組みや動きをしっかり身に付けた国会議員が担当するもので、平の国会議員では務まりません。あなたが国会議員になった時のはじめの仕事は、内閣の官房の平の補佐官になるというのが妥当な流れでしょう」

これまでの元府知事の説明に、二刀流選手は納得して、頷きながら聞いていた。しかし良信の頭の中には、もっと奇抜なアイディアが浮かんでいた。一笑に付されるかもしれないが、相手が相手なのでまんざら荒唐無稽な話ではないだろう。何と言っても相手は二刀流選手という類まれなる大人物なのだ。

元府知事は二刀流選手に向かって、こう切り出す。

「でも、そうではなく、あなたには、すぐに首相の座に就いてほしいのです」

二刀流選手はあっけに取られ、

「国会議員になって、すぐにですか？　政治のイロハも分からない私が、いきなり国の最高責任者になるのですか」

藪から棒に何を言うのだろう、まるっきり信じられないという表情で問い返すと、元府知事は軽く咳《せき》払いをした後、おもむろに話し始める。

「これは今に通用する話ではなく、封建政治で行なわれていた事実です。明治維新になるまで、江戸幕府は二百五十年以上も続きました。家康や吉宗など例外はいますが、歴代の将軍の多くは老中や側用人に政治を任せました。

これまで政治から離れた場所にいたあなたに、首相になってほしいとお願いするのは、江戸幕府の将軍のようになってもらいたいのです」

この話は、良信が考え出した苦肉の策である。はじめ、元府知事と二刀流選手をどう結び付けるかについての名案はなかった。安倍氏は若くして首相になったが、しっかりした経歴を歩んでいる。平の国会議員から出発し、首相補佐官や官房副長官を務め、小泉首相の薫陶を受けている。そういう下積みの経験をし、政治の何たるかを学んだ後で首相になるというのは、ある意味順当な道筋ではあるが、そういう常識的なやり方には違和感があった。

それで、考えに考えを重ねるうちに、頭に浮かんだのが新井白石である。良信が子どもの時に彼の伝記を読み、とても好きになった。その新井白石と元府知事とが結びついたのである。犬将軍として知られる五代将軍綱吉が死ぬと、綱吉の甥で甲府藩主の徳川家宣《いえのぶ》が六代将軍になった。家宣は甲府から連れてきた新井白石を侍講にして、政治に当たらせた。

その後将軍家宣が亡くなり、後を継いだのはわずか三歳の息子家継だった。ところが、三歳の将軍では政治を主導できるはずはない。尾張藩主の徳川吉通《よしみち》を将軍とするのがよいだろうと、別の動きがあった時に、それを抑えたのが、新井白石であった。新井白石は朱子学者である。

朱子学では、上下関係による秩序を重んじる。だから、三歳の将軍でも、将軍は将軍だという論法である。

跡継ぎの将軍はわずか三歳であったが、新井白石によって、「将軍の権威を向上させ、誰が将軍になったとしても、諸大名が将軍の権威に従う」といった、上下関係による秩序を重んじる体制を確立した。いかにも朱子学者らしい考えである。なおこの考え方は、明治維新によって幕府が崩壊するまで続いていく。

政治をほとんど知らない二刀流選手が日本の首相になる——そんな突飛なアイディアを思いついたのは、良信が新井白石のことを思い出したのが理由だ。この話を元府知事が話すかどうかは、彼に任せるとしよう。

良信が新井白石に惹《ひ》かれるのは、幕藩体制を支える秩序の樹立であるが、それに加え、彼の知見が幅広いことであった。主君家宣への講義をまとめた『読史余論《とくしよろん》』では日本の歴史を語った。宣教のため日本を訪れ、囚《とら》われの身となった宣教師シドッチとの会話を元に書かれた『西洋紀聞《せいようきぶん》』は、のちの蘭学興隆の先駆的存在となった。この他にも、優れた著作を数多く残している。

白石の知見の幅広さは、日本の古代史にも及んでいる。「邪馬台国《やまたいこく》」はどこにあったのかという古代史における最大の謎では、はじめ大和説、のちに北部九州説を主張した。ちなみに、博覧強記の文豪松本清張は九州説を信奉したが、いまだにこの論争の決着はついていない。

奇想天外の政談

さて、元府知事と二刀流選手の間に交わされるであろう会話に戻ろう。二刀流選手は奇想天外な話に面食らいながら、今すぐ自分がどうなるということではないので、気楽な気持ちでこんな質問をする。

「私が総理大臣になったら、日本の国家の舵取りを実際に行なうのは、誰ですか」

この質問に対して元府知事は、

「良い質問です。それは私がやります。首相代理として行なうのです。現在、日本にはそのような役職はありませんが、新たに創ります。前例がないので困難なのは承知です。あなたが総理を引き受けて下さったら、わたしは一心不乱に働きます」

と熱っぽく語る。

話を聞いていた二刀流選手は、驚いて尋ねる。

「もしも政権が取れたら、遠い昔の世にあった方法でもって、いきなり実行するんですか」

それに対して元府知事は、こう答えるであろう。

「そんなことをいきなりしたら、国民は怒ります。だから選挙の時に、遊説の先々で国民に訴えるのです。昔、こんなやり方で安定した政権を運営した例があると。もちろん、すべて江戸時代と同じやり方で行なうのではありません。第一、鎖国はしませんから」

その返答を聞いて、二刀流選手はなるほどと感心してうなずく。それを見て、元府知事は話を続ける。

「私が総理になり、野党連合が一致協力すれば、政権の運営はしっかりやっていけると思います。しかし、首相としてのあなたは、すぐには成長しないでしょう。我が党に迎え入れた後、まずは良い政治を行ない、その間にあなたを立派な政治家に育てることが使命となります」

奇想天外な話だけど説得力はある。きっと熟考を重ねてから会いに来てくれたようだと感じる。

二刀流選手はそう考えながら、じっと聞いている。しかし間もなく、不安を覚える。政治力がゼロの自分が総理になったら、一体どんな毎日を送るのだろうか。江戸幕府の将軍だったら、「良きに計らえ」などと家臣に言えば事は足りる。しかし、今は現代である。そんな時代錯誤のことなどできないし、一国の首相がそんな言葉を吐けない。

二刀流選手はそう思い、さらに質問をする。

「政治能力がしっかりあるあなたが首相代理になり、政治力ゼロの私が総理になったら、私は恥ずかしくて、気が変になりますよ」
するると、元府知事はすかさず返す。

「おっしゃるとおりです。総理になって、何をどうしていいか分からない中で苦しみ、大変なのは承知しています。しかし、そのつらさを克服するべく、首相の仕事を必死になって覚えていきます。野球に打ち込んでいるあなたは、メジャーリーグの檜舞台で闘うために、何が一番大切なのかを考え、睡眠と食事の重要性にたどり着いた。特に睡眠には人一倍気を配り、十分にとっている。

しかし総理になったら、やるべきことは数倍にも数十倍にも増えます。耳学問だけでは足りなくなって、読書にも力を入れる。ナポレオンは戦いの天才と言われましたが、次に攻める国の情報を摑むために、猛烈に読書をして情報を得ていました。彼の睡眠は三時間だったそうですが、宮殿の図書室には作戦のために読んだ本が膨大に残っています。

政治の世界に入ったら、野球の時のような睡眠は取れないでしょう。また、総理になって何もできないという苦しさの中から、大切なものを次々と体得していけると思います」

二刀流選手はその熱弁にしっかり耳を傾ける。そして、はじめは奇想天外に思われていた話が、次第に地に足が着いたものに感じられてくるだろう。

こうした気配を鋭く察した元府知事は、嬉しさを隠しながら、さらに話を続けていく。

「あなたが首相、私が代理になるというやり方の利点は、国民が納得できるからです。私が総理であなたが補佐官では、私があなたの人気を利用していると国民は考え、不信感を招きます。国民だけではありません。党員からの妬《ねた》みも起こるでしょう。でも、あなたが首相で私が代理なら、みんなも安心し、幸せ感が充満します」

良信はこの二人の間で将来、このような会話が実現することを期待している。そのためには、野党連合が結成されていて、さらには元府知事が党首に選ばれていなければいけない。

実現に向けては幾多の障害はあるものの、二人の話し合いの可能性はあると良信は考えている。良信は楽天的にものごとを考える性質《たち》なので、実現の可能性を肯定的に夢想するのだ。

二刀流選手がMLBでの選手活動を終えた後、どのような生活を送るだろうか。その鍵を握るのは、自らの決断だけでなく、夫人の支えであり、その家庭となるのではないか。

十年、十五年後には二刀流選手に子どもが一人や二人いることだろう。現役時代は厳しい勝負の世界に身を置いていたがゆえに、引退後は安らかな日々を送りたいと思うのが人情だろう。夫人としても、夫に家庭を大切にできる人並みの生活を送ってもらい、人生を楽しんでもらいたいと考えるであろう。MLBで得た年俸は莫大だから、引退後の生活には問題なく、優雅な暮らしを送ることが可能だ。

そうは思うものの良信は、球史に名を残した二刀流選手に今一度立ち上がってほしいと願っている。しかも、政治家として何のバックグラウンドもない彼に、政治家として日本を背負い、国民の幸福を実現してほしいのだ。

ではどうして、良信は彼にそういう道を歩ませたいか。それは、彼が政治家としても力量を秘めていると思うからだ。今はまだ何の実績もないが、潜在能力はとてつもなく大きいと良信は確信している。選手時代に実践したさまざまなやり方を政治生活に応用すれば、すばらしい躍進が期待できるのではないか。

良信は、ＭＬＢの試合中継をほとんど見ている。幸いにも、二刀流選手が活躍しているので、彼のチームの試合はほとんど放映される。ある時、投球を終えた彼がベンチへ戻る際に、芝生に落ちているゴミを何気なく拾い、素早くユニフォームのポケットに入れた。実にさり気ない様子に、気がつかなかった視聴者もいただろう。こうした彼の行動が話題を呼び、評判になった。その後の放送でも繰り返し言及され、「アメリカの人びとにも注目され、彼のマナーの良さに感心しているようです」とアナウンサーが話していた。

グラウンドのゴミを拾う選手など、他のメジャーリーガーではほとんど見かけない。しかも、アメリカで始めたのではなく、高校時代からやっているのだ。

彼は高校時代、岩手県の野球部に所属していたが、そこの監督は部員たちに「マンダラチャート」という目標設定シートを書かせた。これは、密教の世界観を表わした「曼荼羅《まんだら》」図を使った思考法で、A型とB型の二種類がある。前者は三×三の九マスからなり、目標やテーマに合わせ合計九マスを埋めていく。これをさらに展開したものが九マスのA型がさらに九個の合計八十一マスからなるB型になる。二刀流選手は九つのマスの中心に「ドラ1《イチ》 8球団」という言葉、つまり「プロ野球のドラフト会議で八球団から一位指名を受ける」という目標を書いた。また、その周囲の八つのマスの一つを「運」として「ゴミ拾い、あいさつ、応援される人間になる」などと書き、一つを「人間性」として「愛される人間、計画性、思いやり、感謝、礼儀」などと書いた。彼は大目標達成のために、このチャートを十六枚書いたそうだ。マスの中に「ゴミ拾い」という文字を見た良信は、彼が試合中にさり気なくグラウンドに落ちているゴミを拾う姿に納得した。ゴミを拾うことは、「運」を拾うことにもつながるのだ。

二刀流選手が元府知事から首相という仕事を与えられ、しかも技量が未熟のままであるならば、首相の実力発揮という大目標を立て、マンダラチャートを作成するに違いない。政治に無知な彼が首相として手腕を発揮するにはどういう目標を立てればいいかを考え、成し遂げるための要素をチャートに書き入れていくだろう。そして、目標達成のために全力を傾けるはずだ。

彼の前にメジャーリーグで活躍した投手には野茂英雄氏がおり、野手にはイチロー氏と松井秀喜氏がいる。後者二人は現役生活が終わってもアメリカに残り、メジャーリーグの球団の仕事に就いた。イチロー氏は長らく在籍して活躍したマリナーズの会長付特別補佐兼インストラクターを務めている。また、松井氏はヤンキースでGM特別アドバイザーを務めているという。彼はヤンキースがワールドシリーズでチャンピオンになった時、MVPの栄誉に輝いた。それでヤンキースは彼が現役を引退した後、チームの巡回打撃アドバイザーとして契約した。その成果はどうであったか。二〇二二年、ヤンキースの生え抜きの主砲が本塁打王に輝き、しかもそれは、過去の記録を打ち破るという快挙だった。その選手がまだマイナーリーグにいる頃、打撃の指導をしたのが松井氏であった。

メジャーリーグで活躍した選手に対しては、引退後もアメリカに残り、選手の育成に尽力してほしいとの誘いがあるだろう。これはとても栄誉なことで、イチロー氏や松井氏のような生き方はすばらしい。

でも良信の願いとしては、二刀流選手には引退後、その二人とは別の道を歩んでほしいのである。しばらくは家族とともにゆっくり骨休めをしてから、日本の国家や国民のためにもうひと肌脱いでほしいと、切に祈っている。

目標と努力。これは二刀流選手の躍進を支える大きな柱だが、それを可能にしている中心的なものは、心の持ち方である。では、それはどういうふうに生成されたのか。それを向上させるひとつの方法に、読書は大切な役目を果たす。二刀流選手は本をよく読むそうだが、一番感銘を受けたのは中村天風《てんぷう》の教えと思われる。天風の本を勧めたのはマンダラチャートを書かせた監督だが、二刀流選手の精神を鍛えるためだろう。

天風の教えの根幹は、能動と受動、明と暗、積極と消極などの対立概念で、生きていく上で大切なのはプラス思考であり、真・善・美を追求するようにと諭《さと》している。そして、人の生命は、宇宙の創造を司《つかさど》る宇宙霊と一体であると説いている。なお、彼の教えのすごさは、机上の理論ではなく、彼が歩んだ体験に基づくところにある。

天風は日露戦争時、帝国陸軍の軍事探偵として満蒙で活躍するが、帰国後に肺結核を発病する。当時は死の病であり、療養を続けるが病状は思わしくない。そんな時に出会ったのが、キリスト教の異端派マーデンが書いた『如何にして希望を達す可きか』だ。これを読んで感銘を受け、弱くなった心を強くする方法を求めて、アメリカへ渡った。しかし、一流の哲学者や宗教家を訪ねても、納得できるヒントは得られなかったという。

ところが、失意のうちに帰国する途中、あるヨガ聖者と奇跡的な出会いをする。そして、ヒマラヤの麓《ふもと》で指導を受けた。毎朝、起きるのが物憂い。熱が三十八度五分くらいもあり、ときどき喀血をする。ある朝、彼が、

「おはようございます」

とインドの師に挨拶をすると、

"Hello! Happiest you are in the world."（おお！　世界一の幸福者よ！）

と師が笑顔を見せた。

彼は腹が立ったので、こう反論した。

「あなたは、私を冷やかしているのですか」

すると、師は天風の目を見てこう諭した。

「そうじゃない。俺は本当のことを言っているんだ。『頭が痛い、熱がある』と言っても、生きているじゃないか。まず第一に、生きていることをなぜ感謝しないのだ。そんな酷《ひど》い病に罹《かか》っていても、生きているという『恵み』に感謝しなさい。そして生きていればこそ、こういうところへ来て、お前の心がだんだん明るくなり、それにつれて、お前の生き方に対する、すべての欠点が分かってくるじゃないか。そう考えれば、たとえどんな病があろうと、生きているということは、何とありがたいことじゃないか」

冷やかしと思った言葉は、自分を励ます意味が込められていた。これまでのひとりよがりの考えや甘え心を吹き飛ばす、エネルギーがこもった力強い言葉ではないか。

かくして天風は、「自分は大宇宙の力と結びついている強い存在だ」と真理を悟ることで、病を克服し、運命を切り拓いていった。人は人生において、何度も苦境に立たされる。人間はそれにどう対応するかが重要なのである。

中村天風の思想はその後、多くの人びとに影響を与えた。京セラの創業者だった稲盛和夫氏は、経営が行き詰まった日本航空を見事に立ち直らせた。巨人の名遊撃手だった廣岡達朗氏も天風に感化を受け、彼の考えを実践する選手・監督となった先駆者でもある。国際的なテニスプレーヤーだった松岡修造氏も同じだ。今はテレビのレポーターなどとして活躍しているが、選手時代に幾度も苦難に遭い、現役を続けるかどうか、追い詰められたこともあった。しかしそんな時に天風と出会い、活路を見出したという。

良信はある日曜日の朝、たまたまチャンネルを合わせたテレビ番組に釘付けになった。日曜日の朝のテレビでは、多くの局は前の週に起こった主なニュースを取り上げ、ゲストが何かしらのコメントを言うというスタイルが多い。しかし、あるテレビ局には「みんながん晴れ」というコーナーがある。そのコーナーの担当が松岡氏で、日本各地から「頑張っている人」を発見し、紹介するという趣向だ。

番組に登場したのは、二十代後半の女性で、よく和服が似合っている。創業百三十六年の埼玉県にある和菓子店を切り盛りしているという。今は上品な装いだが、二十歳までは「ギャル」として遊び回っていたそうだ。だから、実家の店の経営のことなどまるで頓着がなかった。ところがある日、ふとしたことから店の経営事情を知った。洋菓子ブームに押され、和菓子は以前ほど人気がない。そのため経営が思わしくなくなり、一千万円の借金があった。彼女はギャルをやめ、一念発起してとりあえずできることから始めた。和菓子づくりの基本を学び、店の手伝いを懸命にした。宣伝用のチラシのつくり方を教えてもらい、道行く人に配ったり、知り合いの店に置かせてもらった。ある日、いつもより多くつくったので、近所の郵便受けに投函した。チラシを見て買いに来てくれるお客さんを期待した。

翌日になってチラシを手にしたお年寄りが店に来た。こんなものを勝手に配るなと叱られるかと思って緊張した。しかしそのお年寄りは、

「こんなおいしそうなチラシを見たら、来ないわけにはいかないよ」

と言って、かなり多めにお菓子を買ってくれた。あんまり嬉しかったので、お年寄りが店を出る時、彼女は深々とお辞儀をし、「ありがとうございました」とお礼を述べた。

その後、不人気商品のひとつ「葛《くず》ゼリー」を改良してアイスキャンディーにすると、口コミで評判になった。さらにインターネット上で販売すると、一日五万本も売れるヒット商品になった。

見ている者を引き込む松岡氏の熱い語り口によって、元ギャルの奮闘ぶりが伝えられた。身振り手振りを交え、相手の目を覗き込んで語る彼の口舌は、見る者の心に熱い感情を届けてくれる。

この番組を見た良信は気分が浮き浮きし、午後四時になると温泉に向かった。この時間帯な

らまだ誰も来てはいない。良信の予想したとおり、浴室には誰もいない。湯舟に浸かりながら、先ほどテレビで見た元ギャルの奮闘ぶりを心楽しく思い出した。

首相代理構想

横道にだいぶ逸《そ》れてしまった。床屋政談ならぬ「温泉政談」に戻ろう。

野党連合の党首である元府知事は、二つの案を示していた。

一つは二刀流選手が総理の補佐官になり、総理が何をするのかを徹底的に学ぶ。もう一つの方法は、政治については何も知らない二刀流選手がいきなり首相になり、元府知事は首相代理となって「実際の政治」を行なう。

元府知事は第二の案がいいと考え、こちらを選挙の公約とする。政治を知らない者が首相になったら、想像もつかないほどの苦悩を背負うが、その苦しさから脱却するため、二刀流選手なら総理の仕事を真剣に学んでくれるはずだと。

そして二刀流選手が野党連合に加わって総選挙に臨み、国民の支持を得て、政権を握るという仮定で話は続く。

二刀流選手はさまざまな質問をぶつけてくるだろう。

「私が首相になったら、各省の大臣を決める必要があるでしょうが、私には無理です。誰が適任なのか分からないからです」

それに対し、元府知事はこう答えるはずだ。

「それは首相代理の私が決めます。そして、その案をメモにしてあなたに渡します。それぞれの大臣候補には、あなたから報せてもらいます。相手はきっとびっくりするでしょう。首相代理の私から連絡が来ると思っていたら、首相のあなたから直接電話が来るのですから。その電話一本で、あなたと新大臣の強い絆《きずな》ができます」

さらにこんな質問も出るだろう。

「各省の大臣が決まったら、みんなで宮中に行きますよね。そこで首相はどういうことをするのですか」

「親任式が行なわれ、首相は陛下から任命を賜ります。各大臣の認証は、認証官任命式になってから、首相が各大臣にそれぞれ辞令書を渡します」

そこで二刀流選手は確認をする。

「首相代理は認証官任命式に出席しますか」

「出席します。首相代理は閣議に参加できるよう、行政事務を分担管理しない無任所大臣として任命していただきます」

皇居での認証官任命式が終わると、一行は首相官邸に帰り、階段に整列してマスコミが写真や映像を撮影する。これに関して二刀流選手は質問をする。

「この写真撮影に首相代理も参加しますか」

「はい、首相代理も加わります」

続けて彼はこう質問をするだろう。

「国会がスタートすると、首相は国会で所信表明演説をしますが、そのスピーチは首相が自ら書くのですか」

「あなたが首相に、私が首相代理になったら、スピーチがうまい補佐官に頼みます。内容の骨格を説明した上で、こういう内容にしてくれと要望します。骨格は党の主要メンバーと相談してつくります。その話し合いには、首相にも加わっていただきます。国会では首相自らスピーチをします」

質問は続く。

「そうなると、野党の党首が首相の所信表明演説に対して質問をしますね。すると、議長は首相に答弁を促します。その時、答弁できない私はどうしますか」

「首相ができないものは代理の私が行ないます。すると、野党から野次が飛んで来ます。私でなく首相に答弁させろと。しかし私はこう言います。首相ができないことは代理の私が行なうと、総選挙の時から表明しており、国民はそれを承知で我われを選び、国民の支持を得て政権が誕生したのですから、不服なら次の総選挙で国民に訴えて下さいと。そして首相に代わって私が答弁します」

次に、このような質問も出てくるだろう。

「内閣は内閣総理大臣が主宰する閣議によって、重要な政策を決定します。首相の私はどういうふうにして、重要な閣議を行なうのですか」

元府知事はそれに対して、こう答えるであろう。

「首相から代理にバトンタッチして閣議を進行させます。いろんな会議を首相が主宰しますが、冒頭の挨拶は首相が行ない、後は代理の私が会議を進めていきます。

国会答弁もこのやり方で行ないます。野党連合が政権を取ったら、こちらが与党になり、自民党は野党になるわけですが、首相は野党議員から質問を受けます。議長は首相に発言を求めます。首相が『この件に関しては首相代理が答弁します』と答えると、質問をした議員から『私は代理の見解を聞きたいのではない、首相の見解を聞きたい』と難癖をつけられるかもしれませんが、『首相ができないことは私が代わってやると総選挙で表明し、国民はそれに納得して支持をいただいています』と私が答え、野党の質問に答えていきます。

このやり方が良いか悪いかは、次の総選挙で国民が判断します。国民はこのやり方の是非について、政治がしっかり運営されているかを踏まえて判断を下します。大切なのは政治全体の運営であって、首相答弁を本人がやるか、代理がやるかではありません」

長くなったが、この話をじっと聞いていた二刀流選手は、次にこんな質問もするだろう。

「首相はよく記者会見をします。記者からの難しい質問に私は即答できず、黙り込むかもしれません。どうすればいいのですか」

「冒頭で首相が、『これより本日の記者会見を行ないます』と言った後、記者からの質問には、首相代理の私が答えます。異を唱える記者も出てくるでしょうが、その申し立てには、国民からの信任を理由に挙げ、答弁を続行します。

首相の一期は四年ですが、二期目に入るとそのやり方に変化が出るかもしれません。記者がある質問を首相にし、代理が代わって答弁をします。それは重要案件で、政権与党内でも意見が分かれ、首相代理はそれら意見のうちの一つに与《くみ》しているので、それを首相の答弁として発言したとします。

それに対し、記者から首相の意見はどうかと尋ねられたとします。いつもなら首相は代理が発言したとおりだと答えますが、首相が異なる意見に賛成なら、代理である私とは違う意見がありますと答え、その理由も説明します。すると、場内は騒然となるでしょう。代理の私も驚きますが、これは喜ばしき現象でしょう。何でも代理の言うとおりではなく、私とは違う意見を持ち、人前で堂々と発表する。こういう成長をあなたに望んでいます

「首相が政治に弱く、首相代理が代わって政治を執行する場合、外交関係に支障はありませんか」

「まず、日米首脳会談のような二国間の会談が行なわれたとします。それぞれのテーブルに首脳一行が坐り、首脳同士が挨拶して会談が始まります。

挨拶後、発言は首相代理が行なうと宣言し、首相代理に外交交渉を一任します。他の外国首脳と行なわれる電話会談でも、冒頭の挨拶は首相が行ない、実際の話し合いは首相代理にバトンタッチします。

次に、G7などの大きな国際会議はどうするかです。開催国には首相と首相代理のどちらが行くかが問題ですが、これは首相が行ってもよいでしょう。会議で何が話し合われるかについては、開催国の駐在日本大使館と外務省が情報を入手しているので、会議での発言は外務大臣と首相補佐官が話し合い、日本語で原稿にします。

国際会議では通常、首相は日本語でスピーチします。日本語の原稿を読み上げるだけですから、首相で大丈夫です。各国首脳には英語の同時通訳で伝わります。会談後や夕食会で交わされる首脳間の会話は英語ですが、首相は長年アメリカで生活をしてきたので問題ないでしょう。

問題は二〇二三年の時のように、G7で日本が議長国になった場合です。この時には日本が議長国になり、広島でサミットが開かれました。どういうことを話し合うかについて、岸田首相はG7の各国に行き、首脳と打ち合わせをしました。会議をスムーズに行なうためには有効なので、首相代理が出向き、友好を深めてくればよいでしょう。G7の本会議は代理が仕切り、夕食会などでは首相も賓客の接待に当たるといいです」

「首相はお飾りの存在で、実際には首相代理が日本の政治を動かすことになります。その場合、どちらが首相官邸に住みますか」

「もちろん、首相官邸には首相一家が住みます。首相代理は首相官邸の近くに住み、そこから官邸に通います。それを見た国民は、もしかすると首相代理に同情するかもしれません。国の政治は代理が動かしているのにおかしいではないか、いっそのこと代理を官邸に住まわせ、首相が官邸の近くに住むべきではないかと。

世論に押されて、首相はそうしてくれと代理の私にお願いするかもしれませんが、そのつらさに耐えることで首相の仕事を覚えていくからと、私は首相を宥《なだ》めるでしょう」

二刀流選手はそれを聞いて、そういう時の苦しみは大変だろうと思いながら、次の質問もするだろう。

「政治力の乏しい私は、代理から首相の仕事を学んでいくとして、その他に首相の政治力を高めていく方法はありますか」

「今、世の中はどう動いているか。国民はどういう苦しみを背負っているか。現政権は諸問題にどう対処しているか。代理が政治の舵取りをしますが、首相はそれを見て勉強をします。実際の政治を体験する以外にも勉強の方法はあります。たとえば、我が国の歴史を学びます。第一に、明治維新から太平洋戦争まで。次に、太平洋戦争に負けた日本はどのように変化してきたかです。先の大戦で日本は敗戦国になり、ボロボロになりました。では、どうしてそうなったか。その原因を追究すると、今の政治の舵取りは正しい方向に向かっているか、考えるヒントになります。政治の動きを判断する時に過去の歴史を考えると、必ずヒントが見つかります。

今の日本は物価の高騰に苦しんでいます。でも、企業の給与は二十年も上がらず、世界から置いてきぼりを食い、いつの間にかGDPも世界四位に転落してしまいました。どうしてそうなったのか、原因を究明するのは経済の分野です。

戦前の日本は軍国主義になり、戦争に突入しました。いきなりではなく、次第にそうなったのです。大きな原因は、日本は資源が乏しいからです。資源獲得のために軍事力の強化を図り、他国に勢力を伸ばそうとしました。それに待ったをかけたのは米英をはじめとする欧米諸国です。そして戦争となって負けてしまいました。

日本以外の国は、経済的に困った際にどうしたのでしょうか。一九二九年にアメリカでは株価の大暴落が起きます。第一次世界大戦以降、『世界の工場』となったアメリカは、新規投資を積極的に行なって生産を拡大しました。しかし、ヨーロッパも急速な復興を遂げ、アメリカのヨーロッパへの輸出は減少していきました。アメリカの過剰生産が大恐慌を誘発したのです。

その大恐慌に対し、一九三三年に就任したルーズベルト大統領は、ニューディール政策を実施しました。これはイギリスの経済学者ケインズが提唱した経済理論の実践です。この理論は、国家が不況の時、政府は処方箋として公共事業や社会保障を拡大し、国家の介入による景気調整の必要性を説いたものです。

こういう政治や経済についての歴史や出来事を週に一度、首相は識者を官邸に招いて講義を受けるといいです。これは皇居で天皇や皇后が講義を受けられる講書始《こうしょはじめ》に似て、首相の見識を高めます」

湯舟の中で

元府知事と二刀流選手の会談が終わる。元府知事は別れしなに、持参した封書を二刀流選手に手渡したらどうかと考える。封書の中には、野党連合の幹部が自筆で署名した手紙が入っている。

筆頭には野党連合の党名、次に各党の代表に続き、党副代表、幹事長、副幹事長、政調会長などの党役員らが署名する。

そして、その後に主だった衆・参両院議員を合わせて二十人程度、選出都道府県名とともに署名する。いわゆる連判状である。

なお、冒頭には、手紙の主旨も記しておく。

「私ども○○党は柳生新陰流の極意『身を捨ててこそ浮かぶ瀬もあれ』をスローガンに一致団結し、力を合わせてまいります」

良信は一例としてそこまで考えたが、その後に続いて二刀流選手に何を訴えたらよいのか、名案はなかなか浮かばなかった。

そんな折り、センセーショナルなニュースが世間を駆け巡った。芸能界に絶大な影響力を及ぼすタレント事務所の元社長にまつわるスキャンダルである。長年代表を務めてきた元社長は芸能界のドンとして君臨してきたが、長年にわたって多数の未成年タレントに不合意の性的行為を繰り返したというショッキングな内容だ。それも、被害者は三百人を超える前代未聞の事件である。元社長はすでに故人となっていたが、所属していたタレントたち（中には未契約の者もいた）から性被害の訴えが続々と起きたのだった。

新しく社長の座に就いたのは彼の姪《めい》だが、自分では対処できないと考え、後任を探した。暗中模索した結果、引き受けたのはさる人気俳優であった。

彼は途方に暮れている女性社長の嘆願を聞き、どう対応すべきか迷ったと思う。目下、俳優として、また報道番組のニュースキャスターとして順調な日々を送っている。それが渦中の事務所の新社長になれば、紛争の真っ只中に身を置くことになる。

元社長が亡くなった時、彼は自分が担当しているニュースや番組の中で、元社長には大変お世話になったと話し、自分がタレントとして伸びていくのに、とても良いアドバイスをたくさんもらったと語っていた。良信もテレビを通して、彼がしみじみと語る亡き恩人にまつわる懐古談に耳を傾けた。

これまでにも、その事務所の悪い噂は耳に入っていただろう。しかしなぜか、新聞やテレビなどのマスコミは正面切って問題を取り上げようとはせず、今日まで来てしまった。そして時間の経過とともに、そうした噂はウヤムヤになって消えていった。そのマスコミも今回はさすがに無視はできず、被害者たちの訴えをしっかりと報道している。

新社長をサポートする俳優にとって、元社長は自分を育ててくれた恩人であるが、多くのタレントが被害を受けている。しかも、その数は膨大なのだ。これにどう立ち向かっていくべきか。

俳優には家庭がある。妻や子どももいる。特に、妻とはじっくり話し合っただろう。結論は、今の安定した仕事ではなく、多くの問題を抱えた難しいほうを選んだ。性被害を受けた被害者たちは、その代償を求めている。それにどう対応するか。できるだけの弁償をしても、被害を受けた人たちは必ずしも満足をするとは限らない。

こうした状況を考えると、彼が社長を引き受けた時点ですでに、前途はお先真っ暗なのだ。それを知った上で、火中の栗を拾う覚悟をした彼の英断に対し、良信はよくやったものだと喜んでいる。

そして、良信は多難な方向に向かう夫に対し、それを後押しした妻の見事な決断にも感服した。彼女もまたすばらしい俳優で、良信は彼女が出演するテレビドラマはよく見ている。

いいドラマを見た後は感動するものだが、そう長くは残らない。それに比べて、現実に起こったことへの感動は、脳裏に強く刻まれる。前途多難な道に踏み出す夫を、力強くやさしく送り出す夫人の健気《けなげ》な夫婦愛は、良信の心に長く残るだろう。

さて、二刀流選手に渡す手紙の話に戻ろう。手紙の最後に、各党が彼にどういう願いを抱いているのか、具体的なビジョンを書き入れたらどうかと、良信は考えていた。元府知事が将来、二刀流選手と会談する頃には、彼の家庭は大家族になっているかもしれない。そうであれば当然、元府知事とどういう話し合いになったか、二刀流選手は夫人に包み隠さず話すに違いない。野党連合の幹部や国会議員からの手紙も見せるだろう。夫人がこの手紙を目にすれば、野党の議員らが夫に何を期待しているのか、客観的に分かるだろう。そう考えた良信は、第三者的な視点から眺めた文面を考えてみることにした。

明快なのは『アメリカでの選手生活を終えたら日本に帰国し、我が党の一員になって、日本をより良くするために頑張りましょう』とストレートに訴えるのが一つの案で、まさに直球勝負だ。

もう一つは、『あなたは日本ですばらしい選手生活を送りました。そしてメジャーリーグでも途方もない大活躍をされました。これからもお体に気をつけて、思う存分活躍を続けて下さい。我が党全員、心から祈っております』というようにそれまでの活躍を讃え、敬意を払う方法である。

党としての切なる願いは、彼がメジャーリーグでの現役生活を終えたら、日本に帰国して党に加わってほしいということだ。しかし、それは元府知事が二刀流選手に会い、実際に会って口頭で伝えるほうがいい。反対に、手紙に記して渡すのはよくないと良信は考える。

となると、手紙に書くのは後者がいいだろう。なぜならば、二刀流選手の夫人がその手紙を見た時、ホッと安心できるからである。選手生活が終わった後、それ以後の生活をどうするかは、彼と家族が決めることであり、第一に尊重されるべきと良信は思う。

そういう考えが良信の頭に浮かんでからは、気持ちがすごく楽になった。広々として湯舟に浸かりながら、秋空の中に遠く見える伊豆大島を、心地よく眺めることができた。

良信は胃の剔出手術を受け、退院後に抗癌剤を服用し始めたが、体が拒絶反応を起こしたので再度入院した。その後再退院し、以来二か月に一度は検診を受け、半年に一度はＣＴ検査を受けている。胃癌の手術をしてから三年経つが、転移はしていない。

しかし、良信の周りには癌の手術をした人はかなりいる。ほとんどの人が抗癌剤をきちんと服用し、適合している。その点、自分には拒絶反応があって服用を止めているので、心配はしている。

癌に冒される前は、自分にもいつか死は訪れるだろうが、それはまだ先の話だと楽観視していた。しかし、余命幾日と限定されてはいないものの、日々の生活には細心の注意を払い、一日一日を大切に暮らしていきたい。

良信の生活で、心の拠りどころになっているのはテレビである。今や、なくてはならない存在だ。朝起きると、まずはテレビをつける。ニュース番組を見る。どうしても、世の中の動きが気になるのである。夜になると今度は、スポーツ番組があると必ず、その闘いに熱中する。

良信は若い時にアメリカへ行き、そこで勉強して仕事にも就き、四十六年間も過ごした。その後は日本に帰り、老後の生活を日本で過ごしている。

日本は良い国だとつくづく思う。敗戦のどん底から立ち上がり、見事な復興を成し遂げた。多くの人びとがあきらめずに頑張ってきた成果である。熱海のスーパーに行って、さまざまな商品が豊富に並び、老人たちがカートを動かして活発に買い物をしているのを見ると、この国の豊かさは、この老人たちが若い頃から一生懸命に頑張ってきたおかげだと思う。

叩きのめされた日本を立ち直らせたのは、こうした人びとのたゆまぬ努力の賜物だが、その舵取りをしたのは政治である。目には見えないが、政治の力は大きい。戦前は目に見えない大きな力に動かされ、日本は戦争に突入して酷い目に遭った。しかし、戦後は政治の良い舵取りによって、日本は見事に復興を果たした。

これからの日本はどう動いていくのか。目に見えない大きな政治の力は、どの方向に働いていくのか。日本の保守勢力は圧倒的に強いが、批判勢力である野党は弱い。対等の力がある政党が鎬《しのぎ》を削り、切磋琢磨してこそ政治は良くなる。国民もそういった勝負に目を見張り、政治の在り方に注意を向ける。その結果、国民の政治への参加意識が高まっていくことになる。日本が二大政党の時代に入ってほしいと良信が願うのは、こういう理由からなのだ。

そのためにまず野党が連合し、その上でスーパースターを陣営に迎える。良信はそのスーパースターとして二刀流選手を思い描いた。これから彼はメジャーリーグで十年、さらに延長してあと五年、選手生活を続けるだろう。彼の引退後、どうにかして政治の世界に誘えないものか。そのために野党連合を結成し、党首の元府知事がアメリカに行って面談する。

二刀流選手がキャリアを終える十数年後、元府知事が渡米して野党連合の幹部と主だった国会議員連名の手紙を持参し、二刀流選手に手渡す。それには政治参加への誘いの文言は入れず、メジャーリーグで思いきり選手生活を頑張ってほしいと伝える。そして、いわゆる二段構えで、口頭で元府知事は政治参加を呼びかける。

これは、彼の家庭生活を尊重するゆえである。二刀流選手の夫人は夫が政治参加を呼びかけられたことを聞くに違いない。当然、びっくりするだろうが、渡された手紙には選手生活を全うしてほしいと記されている。夫人はそれを見てホッとするだろう。それでいいのだ。

鍵を握るのは夫人だと、良信は考えている。

上皇様、今上陛下、そして民間では巨人の長嶋茂雄氏はすばらしい伴侶に巡り会われた。二刀流選手もそういう幸運を掴んだと良信は確信している。二刀流選手夫妻がどういう決断を下すか、良信はただ幸運を祈るしかない。

もし大吉と出たら、元府知事は政治に門外漢の二刀流選手を、品格のある立派な政治家に育てあげるだろう。二人の関係は、ヘレン・ケラーとサリバン先生の関係に似ている。

ヘレン・ケラーが〝水〟という言葉を学ぶシーンは有名である。二人は小道を歩いていたら、誰かが井戸水を汲んでいた。サリバン先生はヘレンの片手を取り、水の噴出口の下に置いた。冷たい水がほとばしり、手に流れ落ちる。その間、サリバン先生はヘレンのもう一方の手に、最初はゆっくりと、それから素早く「ＷＡＴＥＲ」と綴《つづ》りを書いた。

ヘレン・ケラーは、その指の動きに全神経を傾けていた。すると突然、まるで忘れていたことをぼんやりと思い出したかのような感覚に襲われた。感動に打ち震えながら、頭の中が徐々にはっきりしていく。言葉への神秘の扉が開かれた一瞬だった。

このやり方で、元府知事は二刀流選手に政治の正道を一歩一歩教えていくことだろう。

これからの日本は二大政党の時代に向かってほしいと良信は願ってはいるが、近い将来に実現するのは難しそうだ。幸運にも二刀流選手が政治に参加することになるとしても、それはあと十年、さらにはもう五年先のことになるかもしれない。

その頃には、良信はこの世の中にはいないだろう。しかし、死の病に伏して臨終を迎える時、二刀流選手が政治の世界に迎え入れられ、元府知事の薫陶のもとで二大政党の時代を築き上げてほしいと祈念しながら、良信自身は無になり消えていきたいと思っている。

著者略歴

真喜志 興亜（まきし・こうあ）

昭和十七（一九四二）年東京生まれ。明治大学法学部卒業後、琉球銀行入行。行員時代、沖縄テレビの番組「土曜スタジオ」司会者を兼任。昭和四十五（一九七〇）年渡米、アメリカン大学大学院入学、国際関係論を専攻し、博士課程修了。その後、クレスタ銀行入行、勤務の傍ら、毎週火曜・木曜日の夜にワシントンで夫人とともに私塾を開き、海外子女を教える。平成二十八（二〇一六）年、四十六年ぶりに日本に戻る。熱海在住。

著書に『無から無への遍歴』（令和五年）、『朝日に匂う桜』（令和三年）、『橋　その他の短編』（令和二年）、『諸屯《しゅどぅん》』（平成三十一年、以上文藝春秋）、『真山の絵』（平成八年、講談社）。

熱海《あたみ》の噴煙《ふんえん》に
——二刀流《にとうりゅう》、日本《にほん》の総理《そうり》へ

二〇二四年六月三〇日　初版第一刷発行

著者　真喜志《まきし》　興亜《こうあ》

発行　株式会社文藝春秋企画出版部

発売　株式会社文藝春秋
〒一〇二―八〇〇八
東京都千代田区紀尾井町三―二三
電話〇三―三二八八―六九三五（直通）

印刷・製本　株式会社　フクイン

万一、落丁・乱丁の場合は、お手数ですが文藝春秋企画出版部宛にお送りください。送料当社負担でお取り替えいたします。
定価はカバーに表示してあります。

ISBN978-4-16-009064-4

Printed in Japan